Gt GYFLWYNO...

 Matilda

 Michael

Mr a Mrs Wormwood

Miss Honey

Bruce Bogtrotter

Miss Trunchbull

Amanda Thripp

Ar gael oddi wrth Cyhoeddiadau Rily

Y Crocodeil Anferthol
Mr Cadno Campus
Moddion Rhyfeddol George
Y Bys Hud
Nab Wrc
Jiráff a'r Pelican a Fi
Y Twits
Cerddi Ffiaidd
Penillion Ach-a-fi

I ddarllenwyr hŷn

Yr CMM
Charlie a'r Ffatri Siocled
Charlie a'r Esgynnydd Mawr Gwydr
James a'r Eirinen Wlanog Enfawr
Matilda
Y Gwrachod
Danny Pencampwr y Byd

Dymuna'r cyhoeddwyr gydnabod cymorth
Adrannau Cyngor Llyfrau Cymru.

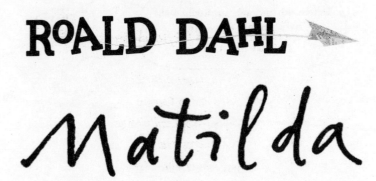

ROALD DAHL

Matilda

Darluniau gan Quentin Blake

Cyfieithiad gan Elin Meek

RILY

Cewch ddysgu mwy am Roald Dahl
wrth ymweld â'r wefan:

roalddahl.com

I Michael a Lucy

Matilda
ISBN 978-1-84967-3495

Hawlfraint y testun: © Roald Dahl Nominee Ltd, 1988
Hawlfraint y darluniau: © Quentin Blake, 1988

Cyfieithiad gan Elin Meek
Hawlfraint y cyfieithiad © Rily Publications Ltd 2016

Cyhoeddwyd yn wreiddiol yn Saesneg fel *Matilda*
Matilda © Roald Dahl Nominee Ltd, 1988

Cysodwyd mewn 12/15pt Baskerville
gan Wasg Dinefwr, Llandybie, Sir Gaerfyrddin

Cyhoeddwyd gan Rily Publications Ltd
Rily Publications, Blwch Post 257, Caerffili CF83 9FL
www.rily.co.uk

Argraffwyd a rhwymwyd ym Mhrydain
gan CPI Group (UK) Ltd, Croydon, CR0 4YY

Cynnwys

Y Darllenydd Llyfrau

Mae'n beth rhyfedd am dadau a mamau. Hyd yn oed pan fydd eu plentyn nhw eu hunain yn un o'r penbyliaid mwyaf atgas y medri di ei ddychmygu, maen nhw'n dal i feddwl ei fod e – neu ei bod hi – yn wych.

Weithiau mae rhieni'n mynd ymhellach. Maen nhw'n cael eu dallu cymaint gan eu serch, maen nhw'n llwyddo i'w darbwyllo eu hunain fod gan eu plentyn rinweddau athrylith.

Wel, does dim byd mawr o'i le ar hyn. Dyna sut mae hi. Dim ond pan fydd y rhieni'n dechrau dweud wrthon *ni* am allu rhyfeddol eu hepil ffiaidd y byddwn ni'n dechrau gweiddi, 'Dewch â phowlen i ni! Rydyn ni'n mynd i fod yn sâl!'

1

Mae athrawon ysgol yn dioddef cryn dipyn o orfod gwrando ar y math yma o ddwli gan rieni balch, ond maen nhw fel arfer yn talu'r pwyth yn ôl pan ddaw hi'n amser ysgrifennu'r adroddiad diwedd tymor. Petawn i'n athro fe fyddwn i'n llunio sylwadau deifiol iawn am blant i rieni sydd wedi gwirioni fel hyn. 'Mae Maximilian eich mab,' fe fyddwn i'n ysgrifennu, 'yn hollol anobeithiol. Gobeithio bod gennych chi fusnes teuluol y gallwch chi ei wthio iddo pan fydd e'n gadael yr ysgol, oherwydd mae mor amlwg â hoel ar bost na chaiff swydd yn unrhyw le arall.' Neu petawn i'n teimlo'n farddonol y diwrnod hwnnw, efallai y byddwn i'n ysgrifennu, 'Mae'n wirionedd rhyfeddol mai yn ochrau eu stumog mae organau clywed ceiliogod rhedyn. Nid oes gan Vanessa eich merch, o ystyried yr hyn mae wedi'i ddysgu'r tymor hwn, unrhyw organau clywed o gwbl.'

Efallai y byddwn i'n turio'n ddyfnach i fyd natur ac yn dweud, 'Mae'r sioncyn Ffrengig yn treulio chwe blynedd yn lindysyn o dan ddaear, a dim mwy na chwe *diwrnod* yn greadur rhydd yn yr heulwen a'r awyr. Mae eich mab Wilfred wedi treulio chwe blynedd yn lindysyn yn yr ysgol hon ac rydyn ni'n dal i aros iddo ddod allan o'r chwiler.' Gallai merch fach arbennig o wenwynig fy mhigo i ddweud, 'Mae Fiona'n meddu ar yr un prydferthwch iasol â mynydd rhew, ond yn wahanol i'r mynydd rhew, does dim dyfnder iddi o

gwbl.' Dw i'n meddwl y gallwn i fwynhau ysgrifennu adroddiadau diwedd tymor ar bob rhech pot jam yn fy nosbarth i. Ond dyna ddigon. Mae'n rhaid i ni fwrw 'mlaen.

3

Bob hyn a hyn mae rhywun yn dod ar draws rhieni sy'n gwbl i'r gwrthwyneb, sy'n dangos dim diddordeb o gwbl yn eu plant, ac wrth gwrs mae'r rhain yn llawer gwaeth na'r rhai sy'n gwirioni ar eu plant. Rhieni fel hyn oedd Mr a Mrs Wormwood. Roedd ganddyn nhw fab o'r enw Michael a merch o'r enw Matilda, ac roedd y rhieni'n ystyried Matilda'n enwedig yn ddim mwy na chrachen. Mae crachen yn rhywbeth y mae'n rhaid i ti ei dioddef tan i'r amser ddod pryd medri di ei phigo a'i thaflu ymaith. Roedd Mr a Mrs Wormwood yn edrych ymlaen yn enfawr at yr amser pryd y gallen nhw bigo eu merch fach a'i thaflu ymaith, o ddewis i'r sir nesaf neu'n bellach na hynny hyd yn oed.

Mae'n ddigon gwael pan fydd rhieni'n trin plant *cyffredin* fel petaen nhw'n grachod ac yn gnapiau, ond mae'n llawer gwaeth rywsut pan fydd y plentyn o dan sylw'n *ang*hyffredin, ac wrth hynny rwy'n golygu yn sensitif a galluog. Roedd Matilda'n sensitif ac yn alluog, ond yn bennaf oll roedd hi'n alluog. Roedd ei meddwl mor chwim ac roedd hi'n dysgu mor gyflym fel y dylai ei gallu fod wedi bod yn amlwg i'r rhieni mwyaf hanner pan, hyd yn oed. Ond roedd Mr a Mrs Wormwood mor ddi-glem ac yn meddwl cymaint am eu bywydau bach twp eu hunain fel na wnaethon nhw sylwi ar ddim byd anarferol am eu merch. A dweud y gwir, dw i'n amau a fydden nhw wedi sylwi petai hi wedi cropian i'r tŷ a'i choes wedi'i thorri.

Roedd Michael, brawd Matilda, yn fachgen hollol normal, ond roedd y chwaer, fel y dwedais i, yn hollol ryfeddol. Erbyn ei bod hi'n *flwydd a hanner* roedd hi'n siarad yn berffaith ac roedd hi'n gwybod cymaint o eiriau â'r rhan fwyaf o oedolion. Yn lle ei chanmol, roedd ei rhieni yn ei galw'n glebren swnllyd ac yn dweud yn swta wrthi mai pethau i'w gweld, ac nid eu clywed, oedd merched bach.

Erbyn ei bod hi'n *dair* oed, roedd Matilda wedi ei dysgu ei hunan i ddarllen drwy astudio'r papurau newydd a'r cylchgronau a oedd o gwmpas y tŷ. Erbyn ei bod hi'n *bedair*, roedd hi'n gallu darllen yn gyflym ac yn dda, ac yn naturiol roedd hi'n dechrau crefu am lyfrau. Yr unig lyfr yn y cartref goleuedig hwn i gyd oedd rhywbeth o'r enw *Coginio Syml*, oedd yn perthyn i'w mam, a phan oedd hi wedi darllen hwn o glawr i glawr ac wedi dysgu'r ryseitiau i gyd ar ei chof, penderfynodd ei bod eisiau rhywbeth mwy diddorol.

'Dad,' meddai hi, 'wyt ti'n meddwl y gallet ti brynu llyfr i mi?'

'*Llyfr*?' meddai ef. 'I beth rwyt ti eisiau llyfr diawl?'

'I'w ddarllen, Dad.'

'Beth sy'n bod ar y teledu, er mwyn y nefoedd? Mae teledu hyfryd gyda ni a sgrin ddeuddeg modfedd, a nawr rwyt ti'n dod i ofyn am lyfr! Rwyt ti'n cael dy ddifetha, 'merch fach i!'

Bron bob prynhawn yn ystod yr wythnos roedd Matilda'n cael ei gadael ar ei phen ei hun yn y tŷ. Roedd ei thad yn mynd i'r gwaith ac roedd ei mam yn mynd allan i chwarae bingo mewn tref wyth milltir i ffwrdd. Roedd Mrs Wormwood yn gaeth i bingo ac roedd hi'n chwarae bum niwrnod yr wythnos. Ar brynhawn y diwrnod pan oedd ei thad wedi gwrthod prynu llyfr iddi, cerddodd Matilda ar ei phen ei hun i'r llyfrgell gyhoeddus yn y pentref. Pan gyrhaeddodd hi, cyflwynodd ei hun i'r llyfrgellydd, Mrs Phelps. Gofynnodd a allai hi eistedd am ychydig a darllen llyfr. Er iddi synnu gweld merch mor fach yn cyrraedd heb riant, dywedodd Mrs Phelps fod croeso mawr iddi.

'Ble mae'r llyfrau plant, os gwelwch chi'n dda?' gofynnodd Matilda.

'Maen nhw draw fan 'na ar y silffoedd isaf,' meddai Mrs Phelps wrthi. 'Hoffet ti i mi dy helpu di i ddod o hyd i lyfr neis gyda llawer o luniau ynddo?'

'Na, dim diolch,' meddai Matilda. 'Dw i'n siŵr y dof i ben.'

O hynny ymlaen, bob prynhawn, cyn gynted ag y byddai ei mam wedi gadael i chwarae bingo, byddai Matilda'n cerdded draw i'r llyfrgell. Dim ond deg munud o daith oedd hi ac roedd hyn yn rhoi dwy awr odidog iddi'n darllen yn dawel ar ei phen ei hun mewn cornel gysurus yn llowcio un llyfr ar ôl y llall. Pan oedd hi wedi darllen pob llyfr plant yn y lle, dechreuodd grwydro o gwmpas i chwilio am rywbeth arall.

Nawr dyma Mrs Phelps, a oedd wedi bod yn ei gwylio'n llawn diddordeb am yr ychydig wythnosau diwethaf, yn codi o'i desg ac yn mynd draw ati. 'Alla i dy helpu di, Matilda?' gofynnodd.

'Meddwl dw i, tybed beth i'w ddarllen nesaf,' meddai Matilda. 'Dw i wedi gorffen y llyfrau plant i gyd.'

'Rwyt ti wedi edrych ar y lluniau, ti'n meddwl?'

'Ydw, ond dw i wedi darllen y llyfrau hefyd.'

Edrychodd Mrs Phelps, oedd yn dal iawn, i lawr ar Matilda, ac edrychodd Matilda'n ôl i fyny arni hithau.

'Ro'n i'n meddwl bod rhai'n wael iawn,' meddai Matilda, 'ond roedd eraill yn hyfryd. Fy hoff lyfr i o'r cyfan oedd *The Secret Garden*. Roedd e'n llawn dirgelwch. Dirgelwch yr ystafell y tu ôl i'r drws caeedig a dirgelwch yr ardd y tu ôl i'r wal fawr.'

7

Roedd Mrs Phelps wedi'i syfrdanu. 'Faint yn union yw dy oedran di, Matilda?' gofynnodd.

'Pedair blwydd a thri mis oed,' meddai Matilda.

Roedd Mrs Phelps wedi'i syfrdanu hyd yn oed yn fwy, ond roedd hi'n ddigon call i beidio â dangos hynny. 'Pa fath o lyfr hoffet ti ei ddarllen nesa?' gofynnodd.

Dywedodd Matilda, 'Hoffwn i ddarllen llyfr rhyfeddol o dda y mae oedolion yn ei ddarllen. Un enwog. Dw i ddim yn gwybod am unrhyw enwau.'

Edrychodd Mrs Phelps ar hyd y silffoedd, gan gymryd ei hamser. Doedd hi ddim yn gwybod yn iawn beth i'w dynnu allan. Sut, gofynnodd iddi ei hun, mae rhywun yn dewis llyfr enwog i oedolion i ferch bedair oed? Ei syniad cyntaf oedd dewis stori serch i bobl ifainc yn eu harddegau, ond am ryw reswm fe'i cafodd ei hun yn cerdded yn reddfol heibio i'r silff arbennig honno.

'Rho gynnig ar hwn,' meddai o'r diwedd. 'Mae'n enwog iawn ac yn dda iawn. Os yw e'n rhy hir i ti, rho wybod i mi ac fe ddof i o hyd i rywbeth byrrach ac ychydig yn haws.'

'*Great Expectations*,' darllenodd Matilda, 'gan Charles Dickens. Fe fyddwn i wrth fy modd yn rhoi cynnig arno.'

Rhaid fy mod i'n wallgof, meddai Mrs Phelps wrthi ei hun, ond meddai wrth Matilda, 'Wrth gwrs y cei di roi cynnig arno.'

Dros yr ychydig brynhawniau nesaf allai Mrs Phelps ddim tynnu ei llygaid oddi ar y ferch fach yn eistedd am oriau bwygilydd yn y gadair freichiau fawr ym mhen draw'r ystafell gyda'r llyfr ar ei chôl. Roedd rhaid ei

9

bwyso ar ei chôl oherwydd ei fod yn rhy drwm iddi ei ddal i fyny, felly roedd rhaid iddi bwyso ymlaen ar ei heistedd i ddarllen. A dyna olygfa ryfedd oedd hi, y person bach gwallt tywyll yma'n eistedd yno gyda'i thraed heb fod yn agos at gyffwrdd â'r llawr, wedi ymgolli'n lân yn anturiaethau rhyfeddol Pip a'r hen Miss Havisham a'i thŷ yn llawn gwe pry cop a gan yr hud a lledrith roedd Dickens y storïwr gwych wedi'u nyddu â'i eiriau. Yr unig symudiad gan y darllenydd oedd codi llaw bob hyn a hyn i droi tudalen, ac roedd Mrs Phelps bob amser yn teimlo'n drist pan fyddai'n bryd iddi fynd ati a dweud, 'Mae'n ddeg munud i bump, Matilda.'

Yn ystod wythnos gyntaf ymweliadau Matilda, roedd Mrs Phelps wedi gofyn iddi, 'Ydy dy fam yn cerdded gyda ti i fan hyn ac yna'n dy hebrwng adre?'

'Mae fy mam yn mynd i Aylesbury bob prynhawn i chwarae bingo,' roedd Matilda wedi dweud. 'Dyw hi ddim yn gwybod fy mod i'n dod yma.'

'Ond dyw hynny ddim yn iawn,' meddai Mrs Phelps. 'Dw i'n credu y dylet ti ofyn iddi.'

'Fe fyddai hi'n well gen i beidio,' meddai Matilda. 'Dyw hi ddim yn annog darllen llyfrau. Na 'nhad chwaith.'

'Ond beth maen nhw'n disgwyl i ti ei wneud bob prynhawn mewn tŷ gwag?'

'Dim ond segura a gwylio'r teledu.'

'Dw i'n gweld.'

'Does dim gwahaniaeth ganddi beth dw i'n ei wneud,' meddai Matilda ychydig yn drist.

Roedd Mrs Phelps yn poeni am ddiogelwch y plentyn ar y daith drwy Stryd Fawr eithaf prysur y pentref ac wrth groesi'r ffordd, ond penderfynodd beidio ag ymyrryd.

Cyn pen wythnos, roedd Matilda wedi gorffen *Great Expectations* a oedd yn cynnwys pedwar can tudalen yn yr argraffiad hwnnw. 'Ro'n i'n dwlu arno,' meddai hi wrth Mrs Phelps. 'Ydy Mr Dickens wedi ysgrifennu unrhyw lyfrau eraill?'

'Nifer mawr,' meddai Mrs Phelps, oedd wedi rhyfeddu. 'Gaf i ddewis un arall i ti?'

Dros y chwe mis nesaf, o dan lygaid gofalus a thosturiol Mrs Phelps, darllenodd Matilda y llyfrau canlynol:

Nicholas Nickleby gan Charles Dickens
Oliver Twist gan Charles Dickens
Jane Eyre gan Charlotte Brontë
Pride and Prejudice gan Jane Austen
Tess of the D'Urbervilles gan Thomas Hardy
Gone to Earth gan Mary Webb
Kim gan Rudyard Kipling
The Invisible Man gan H. G. Wells
The Old Man and the Sea gan Ernest Hemingway
The Sound and the Fury gan William Faulkner
The Grapes of Wrath gan John Steinbeck
The Good Companions gan J. B. Priestley
Brighton Rock gan Graham Greene
Animal Farm gan George Orwell

Roedd hi'n rhestr aruthrol ac erbyn hyn roedd Mrs Phelps yn llawn rhyfeddod a chyffro, ond mae'n debyg ei fod yn beth da na wnaeth hi adael i'w theimladau fynd yn drech na hi'n llwyr. Byddai bron unrhyw un arall a fyddai'n dyst i'r holl bethau roedd y plentyn bach hwn yn gallu ei wneud wedi cael ei demtio i wneud ffws mawr a gweiddi'r newyddion dros y pentref i gyd a thu hwnt, ond nid Mrs Phelps. Roedd hi'n rhywun oedd yn meindio ei busnes ei hun ac roedd hi wedi dysgu ers tro nad oedd hi'n aml yn werth ymyrryd â phlant pobl eraill.

'Mae Mr Hemingway yn dweud llawer o bethau nad ydw i'n eu deall,' meddai Matilda wrthi. 'Yn enwedig am ddynion a menywod. Ond ro'n i'n dwlu ar y llyfr beth bynnag. Y ffordd mae'n adrodd y stori, dw i'n teimlo fy mod i yno yn y fan a'r lle, yn gwylio'r cyfan yn digwydd.'

'Fe fydd awdur da bob amser yn gwneud i ti deimlo fel yna,' meddai Mrs Phelps. 'A phaid â phoeni am y darnau nad wyt ti'n gallu eu deall. Eistedd yn ôl a gad i'r geiriau olchi o'th gwmpas di, fel cerddoriaeth.'

'Gwnaf, gwnaf.'

'Wyt ti'n gwybod,' meddai Mrs Phelps, 'bod llyfrgelloedd cyhoeddus fel hon yn gadael i ti fenthyg llyfrau a mynd â nhw adre?'

'Wyddwn i mo hynny,' meddai Matilda. 'Allwn *i* wneud hynny?'

'Wrth gwrs,' meddai Mrs Phelps. 'Pan wyt ti wedi dewis y llyfr rwyt ti eisiau, dere ag e i mi fel y galla i ei gofnodi fe, a ti biau fe am bythefnos. Fe gei di fynd â mwy nag un os wyt ti eisiau.'

O hynny ymlaen, dim ond unwaith yr wythnos y byddai Matilda yn ymweld â'r llyfrgell, er mwyn cael llyfrau newydd a dychwelyd yr hen rai. Nawr daeth ei hystafell wely fach yn ystafell ddarllen, a dyna lle byddai'n eistedd ac yn darllen bron bob prynhawn, yn aml gyda mwg o siocled poeth wrth ei hochr. Doedd hi ddim yn ddigon tal i gyrraedd pethau yn y gegin, ond roedd hi'n cadw blwch bychan yn y sied ac yn dod â hwnnw i mewn ac yn sefyll arno er mwyn nôl beth bynnag roedd hi eisiau. Siocled poeth fyddai hi'n ei wneud gan fwyaf, gan dwymo'r llaeth mewn sosban ar y stof cyn ei gymysgu. Weithiau byddai hi'n gwneud Bovril neu Ovaltine. Roedd hi'n braf mynd â diod boeth i fyny i'w hystafell a'i chael wrth ei hochr wrth iddi eistedd yn ei hystafell dawel yn darllen yn y tŷ gwag yn y prynhawniau. Roedd y llyfrau'n mynd â hi i fydoedd newydd ac yn ei chyflwyno i bobl anhygoel a oedd yn byw bywydau cyffrous. Aeth hi ar longau hwylio henffasiwn gyda Joseph Conrad. Aeth hi i Affrica gydag Ernest Hemingway ac i India gyda Rudyard Kipling. Teithiodd dros y byd i gyd tra eisteddai yn ei hystafell fach mewn pentref yn Lloegr.

Mr Wormwood,
y Gwerthwr Ceir Gwych

Roedd rhieni Matilda yn berchen ar dŷ eithaf braf gyda thair ystafell wely lan llofft, ac ar y llawr gwaelod roedd ystafell fwyta ac ystafell fyw a chegin. Gwerthwr ceir aillaw oedd ei thad ac roedd hi'n ymddangos ei fod yn ei gwneud hi'n eithaf da.

'Blawd llif,' byddai'n dweud yn falch, 'yw un o gyfrinachau mawr fy llwyddiant. A dyw e ddim yn costio dim i mi. Dw i'n ei gael e am ddim o'r felin lifio.'

'At beth rwyt ti'n ei ddefnyddio fe?' gofynnodd Matilda iddo.

'Ha!' meddai'r tad. 'Fy nghyfrinach i yw honno.'

'Dw i ddim yn gweld sut gall blawd llif dy helpu di i werthu ceir ail-law, Dad.'

'Achos mai twpsen fach anwybodus wyt ti, dyna pam,' meddai'r tad. Doedd e byth yn siarad yn addfwyn iawn ond roedd Matilda'n gyfarwydd â hyn. Roedd hi hefyd yn gwybod ei fod yn hoffi ymffrostio a byddai hi'n ei annog yn ddigywilydd.

'Rhaid dy fod ti'n glyfar iawn i ddod o hyd i ffordd o ddefnyddio rhywbeth sy'n costio dim byd,' meddai. 'Trueni na allwn i wneud hynny.'

'Allet ti ddim,' meddai'r tad. 'Rwyt ti'n rhy dwp. Ond does dim gwahaniaeth gen i ddweud wrth Mike bach fan hyn am y peth gan y bydd e'n ymuno â mi yn y busnes ryw ddiwrnod.' Gan anwybyddu Matilda, trodd at ei fab a dweud, 'Dw i bob amser yn falch o brynu car pan fydd rhyw ffŵl wedi bod yn crensian y gêrs mor wael fel eu bod nhw wedi treulio i gyd ac yn rhuglo fel yr andros. Dw i'n cael y car yn rhad. Yna'r cyfan dw i'n ei wneud yw cymysgu llawer o flawd llif gyda'r olew yn y blwch gêrs ac mae'n rhedeg yn hyfryd.'

'Pa mor hir fydd e'n rhedeg fel 'na cyn dechrau rhuglo eto?' gofynnodd Matilda iddo.

'Yn ddigon hir i'r prynwr fynd gryn bellter i ffwrdd,' meddai'r tad, a gwenu. 'Tua chan milltir.'

'Ond mae hynny'n anonest, Dad,' meddai Matilda. 'Twyll yw hynny.'

'Ddaeth neb erioed yn gyfoethog drwy fod yn onest,' meddai'r tad. 'Mae cwsmeriaid yno i gael eu twyllo.'

Dyn bach a edrychai fel llygoden fawr oedd Mr Wormwood, a'i ddannedd blaen yn sticio allan o dan fwstás tenau fel llygoden fawr. Roedd e'n hoffi gwisgo siacedi o ddefnydd siec lliwgar ac roedd e'n gwisgo teis oedd fel arfer yn felyn neu'n wyrdd golau. 'Cymer y milltiroedd ar y cloc, er enghraifft,' aeth yn ei flaen. 'Y peth cyntaf mae unrhyw un sy'n prynu car ail-law eisiau ei wybod yw sawl milltir mae e wedi'i wneud. Iawn?'

'Iawn,' meddai'r mab.

'Felly dw i'n prynu hen groc sydd â rhyw gan mil a hanner o filltiroedd ar y cloc. Dw i'n ei gael e'n rhad. Ond does neb yn mynd i brynu car sydd wedi gwneud cymaint o filltiroedd â hynny, nag oes? A'r dyddiau hyn dwyt ti ddim yn gallu tynnu'r sbidomedr allan a throi'r rhifau'n ôl fel roeddet ti'n arfer gwneud ddeng mlynedd yn ôl. Maen nhw wedi'i gwneud hi'n amhosibl i ti

17

ymyrryd ag e os nad wyt ti'n wneuthurwr watshys neu rywbeth. Felly beth dw i'n wneud? Dw i'n defnyddio fy ymennydd, fachgen, dyna dw i'n ei wneud.'

'Sut?' gofynnodd Michael bach, yn llawn diddordeb. Roedd fel petai wedi etifeddu hoffter ei dad o anonest-rwydd.

'Dw i'n eistedd i lawr ac yn dweud wrthyf fy hunan, sut galla i droi darlleniad o gant a hanner o filoedd yn ddeg mil heb dynnu'r sbidomedr yn ddarnau? Wel, petawn i'n rhedeg y car am 'nôl am ddigon o amser, byddai hynny'n amlwg yn ei wneud e. Fe fyddai'r rhif-au'n mynd am 'nôl, yn bydden nhw? Ond pwy sy'n mynd i yrru car diawl am 'nôl am filoedd a miloedd o filltiroedd? Allet ti mo'i wneud e!'

'Wrth gwrs na allet ti,' meddai Michael bach.

'Felly dw i'n crafu fy mhen,' meddai'r tad. 'Dw i'n defnyddio fy ymennydd. Pan wyt ti wedi cael ymennydd gwych fel sydd gen i, mae'n rhaid i ti ei ddefnyddio fe. Ac yn sydyn, dyma'r ateb yn fy nharo. Dw i'n dweud wrthot ti, ro'n i'n teimlo'n union fel roedd y dyn deallus arall hwnnw'n teimlo, mae'n debyg, pan ddaeth o hyd i benisilin. "*Eureka!*" gwaeddais. "Dw i wedi cael yr ateb!"'

'Beth wnest ti, Dad?' gofynnodd y mab iddo.

'Mae'r sbidomedr,' meddai Mr Wormwood, 'yn cael ei redeg oddi ar gebl sy'n cysylltu ag un o'r olwynion blaen. Felly'n gyntaf dw i'n tynnu'r cebl yn rhydd lle mae'n cysylltu â'r olwyn flaen. Nesaf, dw i'n nôl un o'r driliau trydan cyflym yna ac yn cysylltu hwnnw â phen y cebl mewn ffordd arbennig, a phan fydd y dril yn troi, bydd yn troi'r cebl *am 'nôl.* Wyt ti'n deall hyd yn hyn? Wyt ti'n fy nilyn i?'

'Ydw, Dad,' meddai Michael bach.

'Mae'r driliau yma'n mynd yn ofnadwy o gyflym,' meddai'r tad, 'felly pan dw i'n troi'r dril ymlaen mae'r rhifau ar y sbidomedr yn troelli am 'nôl yn rhyfeddol o chwim. Gyda fy nril trydan cyflym, dw i'n gallu bwrw hanner can mil o filltiroedd oddi ar y cloc mewn ychydig funudau. Ac erbyn i mi orffen, dim ond deg mil o filltiroedd mae'r car wedi'i wneud ac mae'n barod i'w werthu. "Mae e bron yn newydd," dw i'n dweud wrth y cwsmer. "Prin mae e wedi gwneud deg mil. Hen wraig fach oedd y perchennog; dim ond unwaith yr wythnos i siopa roedd hi'n ei ddefnyddio fe."'

'Wyt ti wir yn gallu troi darlleniad y milltiroedd 'nôl â dril trydan?' gofynnodd Michael bach.

'Dw i'n rhoi cyfrinachau'r fasnach i ti,' meddai'r tad. 'Felly paid â sôn am hyn wrth neb arall. Dwyt ti ddim eisiau fy rhoi i yn y carchar, wyt ti?'

'Ddweda i ddim gair wrth neb,' meddai'r bachgen. 'Wyt ti'n gwneud hyn i lawer o geir, Dad?'

'Mae pob car sy'n dod drwy fy nwylo i'n cael y drin-iaeth,' meddai'r tad. 'Mae nifer eu milltiroedd i gyd yn cael eu newid i fod o dan ddeg mil cyn iddyn nhw gael eu rhoi ar werth. Ac i feddwl mai fi ddyfeisiodd hwnna fy hunan bach,' ychwanegodd yn falch. 'Mae e wedi gwneud ffortiwn i mi.'

Meddai Matilda, oedd wedi bod yn gwrando'n astud, 'Ond Dad, mae hynny hyd yn oed yn fwy anonest na'r blawd llif. Mae'n ffiaidd. Rwyt ti'n twyllo pobl sy'n ymddiried ynot ti.'

'Os nad wyt ti'n ei hoffi fe, paid â bwyta'r bwyd yn y tŷ yma,' meddai'r tad. 'Yr elw sy'n talu amdano.'

'Arian brwnt yw e,' meddai Matilda. 'Dw i'n ei gasáu e.'

Dyma ddau smotyn coch yn ymddangos ar fochau'r tad. 'Pwy yn y byd rwyt ti'n meddwl wyt ti,' gwaeddodd, 'Archesgob Caergaint neu rywbeth, yn pregethu wrtha i am onestrwydd? Dim ond twpsen fach ddwl wyt ti, heb syniad am beth rwyt ti'n siarad!'

'Eitha reit, Harry,' meddai'r fam. Ac wrth Matilda dywedodd, 'Rhag dy gywilydd di'n siarad â dy dad fel yna. Nawr cau dy hen geg er mwyn i ni gael gwylio'r rhaglen 'ma mewn heddwch.'

Roedden nhw yn yr ystafell fyw yn bwyta eu swper ar eu gliniau o flaen y teledu. Swper teledu mewn cynwysyddion alwminiwm llipa, gydag adrannau ar wahân i'r cig wedi'i stiwio, y tatws wedi'u berwi a'r pys, oedd y swper. Eisteddai Mrs Wormwood yn cnoi ei bwyd â'i llygaid wedi'u hoelio ar yr opera sebon o America ar y teledu. Roedd hi'n fenyw fawr ac roedd ei gwallt wedi'i liwio'n olau heblaw am lle roeddet ti'n gallu gweld y darnau brown golau'n tyfu o'r gwreiddiau. Gwisgai drwch o golur ac roedd ganddi un o'r cyrff chwyddedig anffodus hynny lle mae'r cnawd fel petai'n cael ei wasgu i mewn o gwmpas y corff rhag iddo gwympo allan.

'Mam,' meddai Matilda, 'fyddai ots gyda ti taswn i'n bwyta fy swper yn yr ystafell fwyta i mi gael darllen fy llyfr?'

Edrychodd y tad i fyny'n chwim. 'Fe fyddai ots gyda *fi*!' meddai'n swta. 'Rhywbeth i'r teulu yw swper a does neb yn cael gadael y bwrdd nes ein bod ni wedi gorffen!'

'Ond dydyn ni ddim wrth y bwrdd,' meddai Matilda. 'Dydyn ni byth. Rydyn ni bob amser yn bwyta ar ein gliniau ac yn gwylio'r teledu.'

'Beth sy'n bod ar wylio'r teledu, gaf i ofyn?' meddai'r tad. Roedd ei lais wedi troi'n dawel ac yn beryglus yn sydyn.

Doedd Matilda ddim am fentro ei ateb, felly ddwedodd hi ddim byd. Gallai deimlo'r dicter yn berwi ynddi. Roedd hi'n gwybod nad oedd hi'n iawn ei bod hi'n casáu ei rhieni fel hyn, ond roedd hi'n anodd iawn iddi beidio â gwneud hynny. Roedd yr holl ddarllen roedd hi wedi'i wneud wedi rhoi iddi gipolwg ar fywyd nad oedden nhw erioed wedi'i weld. Petaen nhw ond yn darllen ychydig o Dickens neu Kipling, bydden nhw'n dod i wybod yn fuan fod mwy i fywyd na thwyllo pobl a gwylio'r teledu.

Peth arall. Roedd hi'n casáu clywed o hyd ei bod hi'n anwybodus ac yn dwp a hithau'n gwybod nad oedd hi. Roedd y dicter y tu mewn iddi'n berwi a berwi o hyd, ac wrth iddi orwedd yn ei gwely'r noson honno, gwnaeth benderfyniad. Penderfynodd, bob tro y byddai ei mam neu'i thad yn gas wrthi, y byddai'n talu'r pwyth yn ôl mewn rhyw ffordd neu'i gilydd. Byddai un neu ddwy fuddugoliaeth fach yn ei helpu i ddioddef eu twpdra ac yn ei chadw rhag mynd yn ddwl. Rhaid i ti gofio mai prin pum mlwydd oed oedd hi o hyd a dydy hi ddim yn hawdd i rywun mor fach sgorio pwyntiau yn erbyn oedolyn hollalluog. Er hyn, roedd hi'n benderfynol o roi cynnig arni. Ei thad, ar ôl yr hyn oedd wedi digwydd o flaen y teledu'r noson honno, oedd y cyntaf ar ei rhestr.

Yr Het a'r Glud Cryf

Y bore canlynol, ychydig cyn i'r tad adael y tŷ am ei garej ceir ail-law atgas, sleifiodd Matilda i'r ystafell gotiau a chael gafael ar yr het roedd e'n ei gwisgo bob dydd i'r gwaith. Roedd rhaid iddi fynd ar flaenau ei thraed ac ymestyn mor uchel ag y gallai â ffon er mwyn tynnu'r het oddi ar y bachyn, a hyd yn oed wedyn cael a chael oedd hi. Roedd yr het ei hun yn un o'r rhai penfflat fel porc pei gyda phluen sgrech y coed yn sownd wrth ruban yr het ac roedd Mr Wormwood yn falch iawn ohoni. Roedd e'n meddwl ei bod hi'n gwneud iddo edrych yn dalog a mentrus, yn enwedig pan oedd e'n ei gwisgo hi ar ongl gyda'i siaced o ddefnydd siec llachar a'i dei werdd.

Gan ddal yr het yn un llaw a thiwb tenau o lud cryf yn y llall, dyma Matilda'n mynd ati i wasgu llinell o lud yn ofalus iawn o gwmpas ymyl yr het ar y tu mewn. Wedyn, gan ddefnyddio'r ffon, rhoddodd yr het yn ofalus ar y bachyn. Amserodd hyn yn ofalus iawn, gan roi'r glud yn ei le fel roedd ei thad yn codi o'r bwrdd brecwast.

Sylwodd Mr Wormwood ar ddim byd pan wisgodd yr het, ond pan gyrhaeddodd y garej, allai e mo'i thynnu. Mae glud cryf yn andros o bwerus, mor bwerus fel y bydd yn tynnu dy groen i ffwrdd os wyt ti'n tynnu'n rhy galed. Doedd Mr Wormwood ddim eisiau colli croen ei ben, felly roedd rhaid iddo gadw'r het ar ei ben

drwy'r dydd gwyn, hyd yn oed wrth roi blawd llif mewn blychau gêr ac wrth newid darlleniad milltiroedd ceir gyda'i ddril trydan. Er mwyn ceisio arbed ei hunan-barch, edrychai'n hamddenol gan obeithio y byddai ei staff yn meddwl ei fod wir wedi *bwriadu* cadw ei het ar ei ben drwy'r dydd, fel bydd gangsters yn ei wneud mewn ffilmiau.

Pan gyrhaeddodd adref y noson honno, roedd e'n dal i fethu tynnu'r het. 'Paid â bod yn ddwl,' meddai ei wraig. 'Dere 'ma. Fe dynna i'r het i ti.'

Rhoddodd blwc sydyn i'r het. Rhoddodd Mr Wormwood waedd a siglodd wydr y ffenestri. 'Aw-w-w!' sgrechiodd. 'Paid â gwneud 'na! Gollwng yr het! Fe gymeri di hanner y croen oddi ar fy nhalcen!'

Roedd Matilda, a eisteddai'n gysurus yn ei chadair arferol, yn gwylio'r perfformiad hwn dros ymyl ei llyfr gyda pheth diddordeb.

'Beth sy'n bod, Dad?' meddai hi. 'Ydy dy ben wedi chwyddo'n sydyn neu rywbeth?'

Rhythodd y tad ar ei ferch yn amheus iawn, ond ddwedodd e ddim byd. Sut gallai? Meddai Mrs Wormwood wrtho, '*Rhaid* mai glud cryf yw e. Allai e ddim bod yn unrhyw beth arall. Dyna wers i ti beidio chwarae o gwmpas â phethau cas fel yna. Mae'n debyg mai ceisio gludio pluen arall yn dy het roeddet ti.'

'Dw i ddim wedi cyffwrdd â'r diawl peth!' gwaeddodd Mr Wormwood. Trodd ac edrych eto ar Matilda, oedd yn edrych yn ôl arno â llygaid mawr brown diniwed.

Meddai Mrs Wormwood wrtho, 'Fe ddylet ti ddarllen y label ar y tiwb cyn dechrau chwarae o gwmpas â chynnyrch peryglus. Dilyn y cyfarwyddiadau ar y label bob amser.'

'Am beth wyt ti'n siarad, yn enw'r nefoedd, y wrach dwp?' gwaeddodd Mr Wormwood, gan gydio yng nghantel ei het i rwystro unrhyw un rhag ceisio ei thynnu eto. 'Wyt ti'n meddwl fy mod i mor dwp fel y byddwn i'n gludio'r peth yma wrth fy mhen yn fwriadol?'

Meddai Matilda, 'Mae bachgen i lawr y ffordd a gafodd lud cryf ar ei fys heb yn wybod iddo ac wedyn rhoddodd ei fys yn ei drwyn.'

Neidiodd Mr Wormwood. 'Beth ddigwyddodd iddo?' tagodd.

'Aeth y bys yn sownd yn ei drwyn,' meddai Matilda, 'ac roedd rhaid iddo fynd o gwmpas fel yna am wythnos. Roedd pobl yn dweud wrtho drwy'r amser, "Paid â phigo dy drwyn," ac allai e wneud dim am y peth. Roedd e'n edrych yn ffŵl gwirion.'

'Eitha reit iddo fe,' meddai Mrs Wormwood. 'Ddylai e ddim fod wedi'i rhoi'i fys yn ei drwyn yn y lle cyntaf. Hen arfer brwnt yw e. Petai pob plentyn yn cael glud cryf ar eu bysedd fydden nhw ddim yn hir cyn stopio pigo eu trwynau.'

28

Meddai Matilda, 'Mae oedolion yn ei wneud e hefyd, Mam. Fe welais i ti'n pigo dy drwyn yn y gegin ddoe.'

'Dyna hen ddigon oddi wrthot ti,' meddai Mrs Wormwood, gan droi'n binc.

Roedd rhaid i Mr Wormwood gadw ei het ar ei ben drwy'r swper o flaen y teledu. Roedd e'n edrych yn hurt ac yn dawel iawn.

Pan aeth i fyny i'r gwely, ceisiodd dynnu'r het eto, a'i wraig hefyd, ond roedd hi'n gwrthod symud. 'Sut rydw i'n mynd i gael cawod?' gofynnodd.

'Fe fydd rhaid i ti wneud heb gawod, yn bydd,' meddai ei wraig wrtho. Ac yn nes ymlaen, wrth iddi wylio ei gŵr bach tenau'n stelcian o gwmpas yr ystafell wely yn ei byjamas streipiau porffor a het borc pei ar ei ben, meddyliodd pa mor dwp roedd e'n edrych. Ddim wir y math o ddyn mae gwraig yn breuddwydio amdano, dywedodd wrthi ei hunan.

Darganfu Mr Wormwood mai'r peth gwaethaf am gael het ar ei ben drwy'r amser oedd gorfod cysgu ynddi. Roedd hi'n amhosibl gorwedd yn gyfforddus ar y gobennydd. 'Nawr aros yn llonydd,' meddai ei wraig wrtho ar ôl iddo fod yn troi a throsi am ryw awr. 'Mae'n debyg y bydd hi'n rhydd erbyn y bore ac wedyn fe ddaw hi i ffwrdd yn rhwydd.'

Ond doedd hi ddim yn rhydd erbyn y bore ac roedd hi'n gwrthod dod i ffwrdd. Felly dyma Mrs Wormwood yn cymryd siswrn ac yn torri'r het oddi ar ei ben, fesul darn, y darn uchaf i ddechrau ac yna'r cantel. Lle roedd y rhuban y tu mewn wedi gludio wrth y gwallt o gwmpas yr ymyl a'r cefn, bu'n rhaid iddi dorri'r gwallt yn ôl at groen y pen, felly yn y diwedd roedd ganddo gylch gwyn moel o gwmpas ei ben, fel rhyw fath o fynach. Ac yn y tu blaen, lle roedd y rhuban wedi gludio'n syth ar y croen, roedd llawer o ddarnau mân o stwff brown fel lledr yn dal yn sownd, er iddo ymolchi ac ymolchi.

Amser brecwast meddai Matilda wrtho, 'Rhaid i ti geisio cael gwared ar y darnau oddi ar dy dalcen, Dad. Mae'n edrych fel tasai pryfed bach brown yn cropian drosot ti i gyd. Fe fydd pobl yn meddwl bod gyda ti lau pen.'

'Bydd ddistaw!' meddai'r tad yn swta. 'Cadw dy hen geg ar gau, wnei di!'

At ei gilydd roedd y cyfan wedi rhoi llawer o foddhad i Matilda. Ond mae'n siŵr ei bod hi'n ormod i obeithio bod y tad wedi dysgu'i wers am byth.

Yr Ysbryd

Fe fu hi'n gymharol dawel yng nghartref y teulu Wormwood am ryw wythnos ar ôl y digwyddiad gyda'r glud cryf. Roedd y profiad yn amlwg wedi sobri Mr Wormwood ac roedd fel petai wedi colli ei hoffter o ymffrostio a bwlian dros dro.

Yna'n sydyn dyma fe'n taro eto. Efallai ei fod wedi cael diwrnod gwael yn y garej a'i fod heb werthu digon o geir ail-law gwael. Mae nifer o bethau sy'n gwneud i ddyn fod yn bigog pan fydd e'n cyrraedd adref o'r gwaith gyda'r nos a bydd gwraig gall fel arfer yn sylwi ar yr arwyddion fod storm ar y ffordd ac yn gadael llonydd iddo nes bydd yn tawelu.

Pan gyrhaeddodd Mr Wormwood adref o'r garej y noson honno roedd ei wyneb mor dywyll â chwmwl taranau ac roedd hi'n amlwg fod rhywun yn mynd i'w chael hi cyn bo hir iawn. Sylwodd ei wraig ar yr arwyddion yn syth a diflannu. Wedyn camodd ei gŵr yn fras i mewn i'r ystafell fyw. Roedd Matilda'n digwydd bod yn cwtsio mewn cadair freichiau yn y gornel, wedi ymgolli'n lân mewn llyfr. Trodd Mr Wormwood y switsh i danio'r teledu. Goleuodd y sgrin. Roedd sain y rhaglen yn uchel. Rhythodd Mr Wormwood ar Matilda. Doedd hi ddim wedi symud. Rywsut roedd hi wedi'i hyfforddi ei hun i gau ei chlustiau i sain erchyll yr hen flwch atgas. Daliodd ati i ddarllen, ac am ryw reswm roedd hyn yn gwylltio'i thad. Efallai fod ei ddicter yn

waeth oherwydd ei fod yn gweld ei bod yn cael pleser
o rywbeth a oedd y tu hwnt i'w afael.

'Wyt ti *byth* yn rhoi'r gorau i ddarllen?' meddai'n
swta wrthi.

'O, helô, Dad,' meddai hi'n serchog. 'Gest ti ddiwrnod
da?'

'Beth yw'r sothach yma?' meddai, gan gipio'r llyfr o'i
dwylo.

'Nid sothach yw e, Dad, mae e'n hyfryd. *The Red Pony* yw ei enw e. Gan John Steinbeck, awdur o America. Pam na wnei di roi cynnig arno? Fe fyddet ti'n dwlu arno.'

'Budreddi,' meddai Mr Wormwood. 'Os mai Americanwr yw'r awdur, rhaid mai budreddi yw e. Dyna'r cyfan maen nhw'n ysgrifennu amdano.'

'Nage, Dad, mae e'n hyfryd, wir i ti, Mae e am . . .'

'Dw i ddim eisiau gwybod am beth mae e'n sôn,' cyfarthodd Mr Wormwood. 'Dw i wedi cael llond bol arnat ti'n darllen, beth bynnag. Cer i chwilio am rywbeth mwy defnyddiol i'w wneud.' Ac yn frawychus o sydyn dyma fe nawr yn dechrau rhwygo'r tudalennau o'r llyfr fesul llond llaw a'u taflu i'r fasged sbwriel.

Rhewodd Matilda mewn arswyd. Daliodd y tad ati. Doedd dim dwywaith nad oedd y dyn yn teimlo rhyw fath o eiddigedd. Rhag ei chywilydd hi, roedd e fel tasai'n ei ddweud wrth rwygo pob tudalen, rhag ei chywilydd hi am fwynhau darllen llyfrau pan na allai e wneud! Rhag ei chywilydd hi!

'Llyfr *llyfrgell* yw hwnna!' llefodd Matilda. 'Nid fi biau fe! Fe fydd rhaid i mi fynd ag e 'nôl at Mrs Phelps!'

'Fe fydd rhaid i ti brynu un arall 'te, yn bydd?' meddai'r tad, gan ddal i rwygo'r tudalennau. 'Fe fydd rhaid i ti gynilo dy arian poced nes bydd digon yn y mochyn i brynu un newydd i dy annwyl Mrs Phelps, yn bydd?' Ar hynny dyma fe'n gollwng cloriau'r llyfr, a oedd bellach yn wag, i'r fasged a martsio allan o'r ystafell, a gadael y teledu'n rhuo.

Byddai'r rhan fwyaf o blant yn sefyllfa Matilda wedi dechrau beichio crio. Nid dyna wnaeth hi. Eisteddodd hi yno'n dawel iawn ac yn welw ac yn feddylgar. Roedd hi fel petai'n gwybod nad oes neb byth yn elwa ar grio na phwdu. Yr unig beth call i'w wneud os bydd rhywun yn ymosod arnoch chi, fel y dywedodd Napoleon unwaith, yw gwrthymosod. Roedd meddwl cyfrwys Matilda eisoes ar waith yn dyfeisio cosb addas arall eto i'r rhiant gwenwynig. Ond roedd y cynllun a

oedd bellach yn dechrau deor yn ei meddwl yn dibynnu ar hyn: a oedd parot Fred yn wir yn siarad cystal ag roedd Fred yn ei ddweud.

Ffrind i Matilda oedd Fred. Bachgen bach chwe blwydd oed oedd yn byw rownd y gornel oddi wrthi. Ers dyddiau roedd wedi bod yn sôn yn ddiddiwedd am y parot roedd ei dad wedi'i brynu iddo – ei fod e'n wych ac yn gallu siarad.

Felly'r prynhawn canlynol, cyn gynted ag roedd Mrs Wormwood wedi gadael yn ei char am sesiwn arall o bingo, aeth Matilda i dŷ Fred i ymchwilio. Curodd ar ei ddrws a gofyn a fyddai'n ddigon caredig i ddangos yr aderyn enwog iddi. Roedd Fred wrth ei fodd ac arweiniodd hi i'w ystafell wely lle roedd parot glas a melyn gwirioneddol wych yn eistedd mewn caets tal.

'Dyma fe,' meddai Fred. 'Chopper yw ei enw e.'

'Gwna iddo fe siarad,' meddai Matilda.

'Alli di ddim *gwneud* iddo fe siarad,' meddai Fred. 'Rhaid i ti fod yn amyneddgar. Fe siaradith e pan fydd e'n teimlo fel gwneud.'

Arhosodd y ddau yno. Yn sydyn, meddai'r parot, 'Helô, helô, helô.' Roedd e'n union fel llais dynol. Meddai Matilda, 'Mae hynna'n rhyfeddol! Beth arall all e 'i ddweud?'

'Siglwch fy esgyrn!' meddai'r parot, gan ddynwared llais ysbryd yn wych. 'Siglwch fy esgyrn!'

'Mae e'n dweud hynna o hyd,' meddai Fred wrthi.

'Beth arall mae e'n gallu'i ddweud?' gofynnodd Matilda.

'Dyna'r cyfan,' meddai Fred. 'Ond mae e'n eithaf rhyfeddol, on'd yw e?'

'Mae e'n gwbl wych,' meddai Matilda. 'Wnei di ei fenthyg e i mi am un noson yn unig?'

'Na wnaf,' meddai Fred. 'Ddim o gwbl.'

'Fe rof i fy holl arian poced wythnos nesaf i ti,' meddai Matilda.

Roedd hynny'n wahanol. Meddyliodd Fred am y peth am rai eiliadau. 'O'r gorau 'te,' meddai, 'os wyt ti'n addo dod ag e 'nôl yfory.'

Baglodd Matilda yn ôl i'w thŷ gwag ei hun gan gario'r caets tal yn ei dwy law. Roedd lle tân mawr yn yr

ystafell fwyta a dyma hi'n gwthio'r caets i fyny'r simnai ac o'r golwg. Doedd hyn ddim mor hawdd, ond fe lwyddodd yn y diwedd.

'Helô, helô, helô!' galwodd yr aderyn i lawr arni. 'Helô, helô!'

'Cau dy geg, yr iolyn!' meddai Matilda, ac aeth allan i olchi'r parddu oddi ar ei dwylo.

Y noson honno tra oedd y fam, y tad, y brawd a Matilda yn cael swper fel arfer yn yr ystafell fyw o flaen y teledu, daeth llais yn uchel a chlir o'r ystafell fwyta yr ochr arall i'r cyntedd. 'Helô, helô, helô,' meddai.

'Harry!' gwaeddodd y fam, a mynd yn welw. 'Mae rhywun yn y tŷ! Fe glywais i lais!'

'A finnau hefyd!' meddai'r brawd. Neidiodd Matilda i fyny a diffodd y teledu. 'Ust!' meddai hi. 'Gwrandewch!'

Rhoddodd pawb y gorau i fwyta ac eistedd yno'n nerfus iawn, gan glustfeinio.

'Helô, helô, helô!' daeth y llais eto.

'Dyna fe!' llefodd y brawd.

'Lladron sy 'na!' hisiodd y fam. 'Maen nhw yn yr ystafell fwyta!'

'Dw i'n credu eu bod nhw,' meddai'r tad, heb godi o'i gadair.

'Cer i'w dal nhw, 'te, Harry!' hisiodd y fam. 'Cer mas, a'u dal nhw wrthi!'

Symudodd y tad ddim. Doedd hi ddim yn ymddangos bod brys arno i ruthro a bod yn arwr. Roedd ei wyneb wedi troi'n llwyd.

'Cer!' hisiodd y fam. 'Maen nhw siŵr o fod ar ôl y pethau arian!'

Sychodd y gŵr ei wefusau'n nerfus â'i napcyn. 'Beth am i ni i gyd fynd i edrych gyda'n gilydd?' meddai ef.

'Dewch, 'te,' meddai'r brawd. 'Dere, Mam.'

'Yn yr ystafell fwyta maen nhw yn bendant,' sibrydodd Matilda. 'Dw i'n siŵr taw e.'

Cydiodd y fam mewn procer o'r lle tân. Cymerodd y tad ffon golff oedd yn y gornel. Cydiodd y brawd mewn lamp fwrdd, gan rwygo'r plwg o'i soced. Cymerodd Matilda'r gyllell roedd hi wedi bod yn ei defnyddio i fwyta, ac aeth y pedwar ohonyn nhw ar flaenau eu traed tuag at ddrws yr ystafell fwyta, a'r tad yn cadw'n ddigon pell y tu ôl i'r lleill.

'Helô, helô, helô,' daeth y llais eto.

'Dewch!' gwaeddodd Matilda wrth iddi ruthro i mewn i'r ystafell gan chwifio'i chyllell. 'Codwch eich dwylo!' gwaeddodd. 'Rydyn ni wedi eich dala chi!' Dilynodd y lleill hi, gan chwifio eu harfau. Wedyn arhoson nhw'n stond. Syllon nhw o gwmpas yr ystafell. Doedd neb yno.

'Does neb yma,' meddai'r tad, gyda rhyddhad mawr.

'Fe glywais i fe, Harry!' gwichiodd y fam, yn dal i grynu. 'Fe glywais i ei lais e'n eglur! A tithau hefyd!'

'Dw i'n siŵr fy mod i wedi'i glywed e!' gwaeddodd Matilda. 'Mae i mewn fan hyn yn rhywle!' Dechreuodd chwilio y tu ôl i'r soffa a'r tu ôl i'r llenni. Wedyn dyma'r llais yn dod unwaith eto, yn dawel ac yn iasol y tro hwn, 'Siglwch fy esgyrn,' meddai. 'Siglwch fy esgyrn.'

Neidiodd pawb, gan gynnwys Matilda, a oedd yn actores eithaf da. Syllon nhw o gwmpas yr ystafell. Doedd neb yno o hyd.

'Ysbryd yw e,' meddai Matilda.

'Duw a'n helpo!' gwaeddodd y fam, gan gydio yn ei gŵr gerfydd ei wddf.

'Dw i'n gwybod mai ysbryd yw e!' meddai Matilda. 'Dw i wedi'i glywed e yma o'r blaen! Mae ysbryd yn yr ystafell hon! Ro'n i'n meddwl eich bod chi'n gwybod hynny.'

'Achub ni!' sgrechiodd y fam, gan wneud i'w gŵr dagu, bron.

'Dw i'n mynd o 'ma,' meddai'r tad, yn fwy gwelw nag erioed erbyn hyn. Dihangodd pawb, gan gau'r drws yn glep y tu ôl iddyn nhw.

Y bore canlynol, llwyddodd Matilda i gael parot braidd yn ddiflas a du gan huddygl i lawr o'r simnai ac allan o'r tŷ heb i neb ei gweld. Cariodd ef drwy'r drws cefn a rhedeg gydag ef yr holl ffordd i dŷ Fred.

'Fihafiodd e'n dda?' gofynnodd Fred iddi.

'Fe gawson ni amser hyfryd gyda fe,' meddai Matilda. 'Roedd fy rhieni'n dwlu arno fe.'

Rhifyddeg

Roedd Matilda yn dyheu am i'w rhieni fod yn dda ac yn gariadus ac yn llawn dealltwriaeth ac yn anrhydeddus ac yn ddeallus. Roedd yn rhaid iddi ddioddef y ffaith nad oedden nhw'n unrhyw un o'r pethau hyn. Doedd hi ddim yn hawdd gwneud hynny. Ond roedd y gêm newydd roedd hi wedi'i dyfeisio o gosbi un neu'r ddau ohonyn nhw bob tro roedden nhw'n gas wrthi'n golygu ei bod hi'n gallu dioddef bywyd, fwy neu lai.

Gan ei bod hi'n fach iawn ac yn ifanc iawn, yr unig allu oedd gan Matilda oedd yn fwy nag eiddo unrhyw un arall yn y teulu oedd ei gallu ymenyddol. Gallai eu llorio nhw i gyd â'i deallusrwydd. Ond roedd hi'n dal yn ffaith fod unrhyw ferch bum mlwydd oed mewn unrhyw deulu'n gorfod gwneud fel roedd ei rhieni'n dweud, er bod y gorchmynion hynny'n hollol dwp. Felly roedd hi bob amser yn cael ei gorfodi i fwyta ei phryd gyda'r nos ar hambwrdd teledu o flaen yr hen flwch teledu atgas. Roedd hi wastad yn gorfod bod ar ei phen ei hun bob prynhawn yn ystod yr wythnos, a phryd bynnag y byddai rhywun yn dweud wrthi am gau ei cheg, roedd rhaid iddi gau ei cheg.

Yr unig beth oedd yn ei hatal rhag mynd yn hollol ddwl oedd yr hwyl o ddyfeisio a rhoi'r cosbau ardderchog hyn. A'r peth hyfryd oedd eu bod nhw fel petaen nhw'n gweithio, o leiaf am gyfnodau byrion. Aeth y tad yn enwedig yn llai digywilydd ac annioddefol am sawl diwrnod ar ôl cael dos o feddyginiaeth hudol Matilda.

Yn bendant, wedi digwyddiad y parot yn y simnai, tawelodd y ddau riant gryn dipyn ac am dros wythnos roedden nhw'n gymharol gwrtais wrth eu merch fach. Ond yn anffodus, allai hyn ddim para. Daeth y ffrae nesaf un noson yn yr ystafell fyw. Roedd Mr Wormwood newydd ddychwelyd o'r gwaith. Roedd Matilda a'i brawd yn eistedd yn dawel ar y soffa, yn disgwyl i'w mam ddod â'r swper teledu i mewn ar hambwrdd. Doedd y teledu ddim ymlaen eto.

Dyma Mr Wormwood yn dod i mewn yn gwisgo siwt siec lachar a thei felen. Roedd siec llydan oren a gwyrdd y siaced a'r trowsus bron yn ddigon i ddallu unrhyw un oedd yn edrych arno. Roedd e'n edrych fel bwci isel radd wedi'i wisgo ar gyfer priodas ei ferch, ac roedd yn amlwg yn falch iawn o'i hunan y noson hon. Eisteddodd mewn cadair freichiau a rhwbio'i ddwylo yn ei gilydd a chyfarch ei fab mewn llais uchel. 'Wel, 'machgen i,' meddai, 'mae dy dad wedi cael diwrnod llwyddiannus iawn. Mae e'n llawer mwy cyfoethog heno nag oedd e'r bore 'ma. Mae e wedi gwerthu dim llai na phump o geir, pob un am elw da. Blawd llif yn y blychau gêrs, y dril trydan ar gebl y sbidomedrau, ychydig o baent fan hyn a fan draw ac ychydig o driciau bach clyfar eraill ac roedd y twpsod yn baglu dros ei gilydd i brynu.'

Tynnodd ddarn o bapur o'i boced a'i astudio. 'Gwranda, fachgen,' meddai, gan siarad â'i fab ac anwybyddu Matilda, 'gan y byddi di'n dod i mewn i'r busnes yma gyda fi un diwrnod, mae'n rhaid i ti wybod sut i adio'r elw rwyt ti'n ei wneud ar ddiwedd pob diwrnod. Cer i nôl pad papur a phensil a gad i ni weld pa mor glyfar wyt ti.'

44

Gadawodd y mab yr ystafell yn ufudd a dychwelyd gyda'r deunyddiau ysgrifennu.

'Ysgrifenna'r ffigurau hyn,' meddai'r tad, gan ddarllen o'i ddarn papur. 'Fe brynais i gar rhif un am ddau gant saith deg wyth o bunnoedd a'i werthu am fil pedwar cant a dau ddeg pump. O'r gorau?'

Ysgrifennodd y bachgen deng mlwydd oed y ddau swm yn araf ac yn ofalus.

'Fe gostiodd car rhif dau,' aeth y tad yn ei flaen, 'un cant un deg wyth o bunnoedd ac fe werthodd am saith cant chwe deg. O'r gorau?'

'O'r gorau, Dad,' meddai'r mab. 'Mae e gyda fi.'

'Fe gostiodd car rhif tri gant un deg un o bunnoedd ac fe werthodd am naw cant naw deg naw o bunnoedd a phum deg ceiniog.'

'Dwed 'na eto,' meddai'r mab. 'Am faint werthodd e?'

'Naw cant naw deg naw o bunnoedd a phum deg ceiniog,' meddai'r tad. 'A dyna, gyda llaw, un arall o'r triciau bach clyfar sydd gyda fi i dwyllo'r cwsmer. Paid byth â gofyn am rif mawr crwn. Cer ychydig yn is bob amser. Paid byth â dweud mil o bunnoedd. Dwed naw cant naw deg naw o bunnoedd a phum deg ceiniog. Mae'n swnio'n llawer llai ond dydy e ddim. Clyfar, on'd yw e?'

'Clyfar iawn,' meddai'r mab. 'Rwyt ti'n rhyfeddol, Dad.'

'Fe gostiodd car rhif pedwar wyth deg chwech o bunnoedd – dyna hen groc oedd e – ac fe werthodd am chwe chant naw deg naw o bunnoedd pum deg ceiniog.'

'Gan bwyll,' meddai'r mab, gan ysgrifennu'r rhifau. 'O'r gorau. Mae e gyda fi.'

'Fe gostiodd car rhif pump chwe chant tri deg saith o bunnoedd ac fe werthodd am fil chwe chant pedwar deg naw o bunnoedd a phum deg ceiniog. Wyt ti wedi ysgrifennu'r ffigurau 'na i gyd, fachgen?'

'Ydw, Dad,' meddai'r bachgen, gan blygu dros ei bad papur ac ysgrifennu'n ofalus.

'Da iawn,' meddai'r tad. 'Nawr gweithia allan yr elw wnes i ar bob un o'r pum car ac adio'r cyfanswm. Wedyn fe fyddi di'n gallu dweud wrtha i faint o arian wnaeth dy dad go glyfar i gyd heddiw.'

'Mae llawer o symiau fan 'na,' meddai'r bachgen.

'Wrth gwrs bod llawer o symiau,' atebodd y tad. 'Ond pan wyt ti'n ddyn busnes mawr fel fi, mae'n rhaid i ti fod yn arbennig o dda mewn rhifyddeg. Mae gen i gyfrifiadur yn fy mhen, fwy neu lai. Fe gymerodd hi lai na deg munud i mi weithio'r cyfan allan.'

'Wyt ti'n dweud wrtha i dy fod ti wedi gwneud y sym yna yn dy ben, Dad?' gofynnodd y mab, a rhythu mewn syndod.

'Wel, ddim yn union,' meddai'r tad. 'Allai neb wneud hynny. Ond chymerodd hi ddim yn hir. Pan fyddi di wedi gorffen, dwed wrtha i beth rwyt ti'n meddwl oedd fy elw i am y diwrnod. Mae'r cyfanswm terfynol gyda fi ar bapur fan hyn ac fe ddweda i wrthot ti a wyt ti'n iawn.'

Meddai Matilda'n dawel, 'Dad, fe wnest ti union bedair mil tri chant a thair o bunnoedd a phum deg ceiniog i gyd.'

'Paid â thorri ar draws,' meddai'r tad. 'Mae dy frawd a finnau'n brysur gyda byd arian mawr.'

'Ond Dad . . .'

'Cau dy geg,' meddai'r tad. 'Paid â dyfalu a cheisio bod yn glyfar.'

'Edrych ar dy ateb, Dad,' meddai Matilda'n dyner. 'Os yw e'n gywir, pedair mil tri chant a thair o bun-noedd a phum deg ceiniog ddylai e fod. Ai dyna sydd gyda ti, Dad?'

Edrychodd y tad i lawr ar y papur yn ei law. Roedd e fel petai'n mynd yn stiff. Aeth yn dawel iawn. Bu tawelwch. Yna dywedodd, 'Dwed 'na eto.'

'Pedair mil tri chant a thair o bunnoedd a phum deg ceiniog,' meddai Matilda.

Bu mwy o dawelwch. Roedd wyneb y tad yn dechrau troi'n goch tywyll.

'Dw i'n siŵr ei fod e'n iawn,' meddai Matilda.

'Y . . . y twyllwr bach!' gwaeddodd y tad yn sydyn, gan bwyntio ati â'i fys. 'Fe edrychaist ti ar fy narn papur i! Fe ddarllenaist ti fe o'r hyn sydd gyda fi fan hyn ar bapur!'

'Dad, dw i ym mhen draw'r ystafell,' meddai Matilda. 'Sut yn y byd gallwn i ei weld e?'

'Paid â siarad y fath ddwli!' gwaeddodd y tad. 'Wrth gwrs dy fod ti wedi edrych! Rhaid dy fod ti wedi edrych! Allai neb yn y byd roi'r ateb cywir yn union fel 'na, yn enwedig merch! Twyllwr wyt ti, madam, dyna beth wyt ti! Twyllwr a chelwyddgi!'

Yr eiliad honno, daeth y fam i mewn yn cario hambwrdd mawr a'r pedwar swper arno. Pysgod a sglodion oedd i swper y tro hwn – rhai roedd Mrs Wormwood wedi'u codi yn y siop pysgod a sglodion ar ei ffordd adref o'r bingo. Roedd hi'n ymddangos bod prynhawniau bingo'n ei blino hi cymaint yn gorfforol ac yn emosiynol fel nad oedd byth ddigon o egni ganddi i goginio pryd o fwyd gyda'r nos. Felly os nad oedd hi'n swper teledu roedd rhaid iddi fod yn bysgod a sglodion. 'Pam mae dy wyneb di'n edrych mor goch, Harry?' meddai hi wrth iddi roi'r hambwrdd i lawr ar y bwrdd coffi.

'Mae dy ferch di'n dwyllwr ac yn gelwyddgi,' meddai'r tad, gan gymryd ei blataid o bysgod a'i roi ar ei bengliniau. 'Tro'r teledu ymlaen a dim rhagor o siarad.'

Y Dyn Gwallt Golau

Doedd dim amheuaeth ym meddwl Matilda nad oedd yr arddangosfa ddiweddaraf yma o annhegwch gan ei thad yn haeddu ei chosbi'n llym, ac wrth iddi eistedd yn bwyta ei physgod wedi'u ffrio'n ofnadwy a'i sglodion wedi'u ffrio gan anwybyddu'r teledu, aeth ei meddwl i weithio ar y gwahanol bosibiliadau. Erbyn iddi fynd i'r gwely roedd hi wedi penderfynu.

Y bore canlynol cododd yn gynnar a mynd i mewn i'r ystafell ymolchi a chloi'r drws. Fel y gwyddom ni'n barod, roedd gwallt Mrs Wormwood wedi'i liwio'n olau olau, yn debyg iawn i liw ariannaidd disglair teits menyw sy'n cerdded ar raff uchel mewn syrcas. Roedd y gwaith lliwio mawr yn cael ei wneud ddwywaith y flwyddyn yn y salon gwallt, ond bob mis fwy neu lai rhwng hynny, roedd Mrs Wormwood yn arfer bywiogi lliw ei gwallt drwy ei olchi yn y basn â rhywbeth o'r enw LLIW GWALLT GOLAU GOLAU CRYF IAWN. Roedd hwn hefyd yn lliwio'r hen wallt brown oedd yn dal i dyfu o'r gwreiddiau oddi tanodd. Roedd y botel LLIW GWALLT GOLAU GOLAU CRYF IAWN yn cael ei chadw yn y cwpwrdd yn yr ystafell ymolchi, ac o dan y teitl ar y label roedd y geiriau *Gofal, perocsid yw hwn. Cadwch o afael plant.* Roedd Matilda wedi darllen y geiriau sawl gwaith yn llawn diddordeb.

Roedd gan dad Matilda gnwd gwych o wallt tywyll roedd e'n ei rannu yn y canol ac roedd e'n hynod falch ohono. 'Mae gwallt cryf a da,' byddai'n hoffi dweud, 'yn golygu bod ymennydd cryf a da oddi tano.'

'Fel Shakespeare,' roedd Matilda wedi dweud wrtho unwaith.

'Fel pwy?'

'Shakespeare, Dad.'

'Oedd e'n ddeallus?'

'Yn ddeallus iawn, Dad.'

'Roedd llwyth o wallt gyda fe, oedd e?'

'Roedd e'n foel, Dad.'

Wedyn roedd y tad wedi dweud yn swta, 'Os na alli di siarad yn gall, cau dy geg.'

Beth bynnag, roedd Mr Wormwood yn cadw ei wallt yn edrych yn llachar a chryf, neu o leiaf dyna roedd e'n ei feddwl, drwy rwbio llawer iawn o olew o'r enw TONIG GWALLT OLEW FIOLEDAU ynddo bob bore. Roedd potel o'r cymysgedd porffor drewllyd hwn bob amser ar y silff uwchben y sinc yn yr ystafell ymolchi yn ymyl yr holl frwsys dannedd, a byddai'n rhwbio croen ei ben yn egnïol â'r TONIG GWALLT OLEW FIOLEDAU bob bore ar ôl eillio. Bob amser, yn gyfeiliant i'r rhwbio gwallt a chroen y pen roedd rhochian gwrywaidd uchel ac anadlu dwfn ac ebychu 'A, dyna welliant! 'Na'r boi! Rhwbia fe'n syth i'r gwreiddiau!' y gallai Matilda ei glywed yn ei hystafell wely ar draws y coridor.

Nawr, ym mhreifatrwydd bore bach yr ystafell ymolchi, agorodd Matilda glawr OLEW FIOLEDAU ei thad ac arllwys tri chwarter y cynnwys i lawr y draen. Wedyn llenwodd y botel â LLIW GWALLT GOLAU GOLAU CRYF IAWN ei mam. Yn ofalus gadawodd ddigon o donig gwallt gwreiddiol ei thad yn y botel felly pan siglodd hi, roedd e'n dal i edrych yn ddigon porffor. Wedyn rhoddodd y botel yn ôl ar y silff uwchben y sinc, gan ofalu rhoi potel ei mam yn ôl yn y cwpwrdd. Popeth yn iawn hyd yn hyn.

Amser brecwast eisteddai Matilda yn dawel wrth fwrdd yr ystafell fwyta yn bwyta ei chreision ŷd. Eisteddai ei brawd gyferbyn â hi a'i gefn at y drws yn llowcio darnau mawr o fara a thrwch o gymysgedd o fenyn cnau daear a jam mefus arnyn nhw. Roedd y fam o'r golwg rownd y gornel yn y gegin yn gwneud brecwast Mr Wormwood, sef dau wy wedi'u ffrio ar fara wedi'i ffrio a thair sosej porc a thri darn o facwn a thomatos wedi'u ffrio.

Ar hyn daeth Mr Wormwood i mewn i'r ystafell yn swnllyd. Doedd e ddim yn gallu mynd i mewn i unrhyw ystafell yn dawel, yn enwedig amser brecwast. Roedd rhaid iddo adael i bawb wybod ei fod yno bob amser drwy greu llawer o sŵn a mwstwr. Gallai rhywun bron ei glywed yn dweud, 'Fi sy 'ma! Dyma fi, y dyn mawr ei hunan, meistr y tŷ, yr un sy'n ennill cyflog, yr un sy'n ei gwneud hi'n bosibl i'r gweddill ohonoch chi fyw mor dda! Sylwch arna i a dewch i'm cyfarch!'

Y tro hwn cerddodd i mewn a churo'i fab ar ei gefn a gweiddi, 'Wel, 'machgen i, mae dy dad yn teimlo fel tasai'n mynd i gael diwrnod gwych arall heddiw, yn gwneud arian yn y garej! Mae gen i ambell gar hyfryd i'w werthu i'r twpsod y bore 'ma. Ble mae fy mrecwast i?'

'Ar y ffordd, cariad,' galwodd Mrs Wormwood o'r gegin.

Cadwodd Matilda ei hwyneb wedi'i blygu'n isel dros ei chreision ŷd. Doedd hi ddim yn mentro edrych i fyny. Yn gyntaf doedd hi ddim yn siŵr o gwbl beth oedd hi'n mynd i'w weld. Ac yn ail, tasai hi'n gweld beth oedd hi'n meddwl roedd hi'n mynd i'w weld, allai hi ddim ymddiried ynddi ei hunan i gadw wyneb syth. Roedd y mab yn edrych yn syth allan drwy'r ffenest yn stwffio bara a menyn cnau daear a jam mefus.

Roedd y tad yn mynd i eistedd ar ben y bwrdd pan ddaeth y fam fel llong hwyliau allan o'r gegin yn cario plât mawr yn llawn wyau a sosej a bacwn a thomatos. Edrychodd i fyny. Cafodd gip ar ei gŵr. Safodd yn stond. Wedyn dyma hi'n rhoi sgrech a oedd fel petai'n ei chodi i'r awyr a gollwng y plât i chwalu a thasgu dros y llawr. Neidiodd pawb, gan gynnwys Mr Wormwood.

'Beth yn y byd sy'n bod arnat ti, fenyw?' gwaeddodd. 'Edrych ar y llanast rwyt ti wedi'i wneud ar y carped!'

'Dy *wallt* di!' roedd y fam yn gwichian, gan bwyntio bys sigledig tuag at ei gŵr. 'Edrych ar dy *wallt*! Beth wyt ti wedi'i wneud i'th *wallt*?'

'Beth sy'n bod ar fy ngwallt i, er mwyn y nefoedd?' meddai.

'O, nefi bliw, Dad, beth wyt ti wedi'i wneud i'th wallt?' gwaeddodd y mab.

Roedd golygfa swnllyd ardderchog yn datblygu'n dda yn yr ystafell frecwast.

Ddwedodd Matilda ddim byd. Dim ond eistedd ac edmygu effaith ryfeddol ei gwaith llaw. Roedd cnwd gwych o wallt tywyll Mr Wormwood bellach yn lliw arian brwnt, y tro hwn yn lliw teits menyw raff uchel nad oedden nhw wedi'u golchi yn tymor syrcas cyfan.

'Rwyt ti . . . rwyt ti . . . rwyt ti wedi'i *liwio* fe!' sgrechiodd y fam. 'Pam gwnest ti 'na, y ffŵl! Mae'n edrych yn gwbl ofnadwy! Mae'n edrych yn erchyll! Rwyt ti'n edrych fel ffrîc!'

'Am beth ddiawl rydych chi i gyd yn sôn?' gwaeddodd y tad, gan roi ei ddwy law ar ei wallt. 'Dw i'n bendant ddim wedi'i liwio fe! Beth wyt ti'n feddwl, dw i wedi'i liwio fe? Beth sydd wedi digwydd iddo fe? Neu ai rhyw fath o jôc dwp yw hon?' Roedd ei wyneb yn troi'n wyrdd golau, lliw afalau sur.

'*Rhaid* dy fod ti wedi'i liwio fe, Dad,' meddai'r mab. 'Mae e'r un lliw â gwallt Mam, ond yn llawer mwy brwnt yr olwg.'

'Wrth gwrs ei fod e wedi'i liwio fe!' gwaeddodd y fam. 'All e ddim newid ei liw ei hunan! Beth ar y ddaear oeddet ti'n ceisio ei wneud, gwneud i dy hunan edrych yn olygus neu rywbeth? Rwyt ti'n edrych fel mam-gu rhywun wedi mynd o chwith!'

'Cer i nôl drych i mi!' gwaeddodd y tad. 'Paid â sefyll fan 'na'n sgrechian arna i! Cer i nôl drych i mi!'

Roedd bag llaw'r fam ar gadair ym mhen pella'r bwrdd. Agorodd y bag a thynnu blwch powdr oedd â drych y tu mewn i'r clawr. Agorodd y blwch a'i roi i'w gŵr. Cydiodd ynddo a'i ddal o flaen ei wyneb ac wrth wneud hynny gollyngodd y rhan fwyaf o'r powdr dros flaen ei siaced siec ffansi i gyd.

'Bydd yn *ofalus!*' sgrechiodd y fam. 'Nawr edrych beth rwyt ti wedi'i wneud! Fy mhowdr Elizabeth Arden gorau yw hwnna!'

'O nefi wen!' gwaeddodd y tad, gan syllu i'r drych bach. 'Beth sydd wedi digwydd i mi? Dw i'n edrych yn ofnadwy! Dw i'n edrych yn union fel *ti* wedi mynd o chwith! Alla i ddim mynd i'r garej a gwerthu ceir fel hyn! Sut digwyddodd e?' Syllodd o gwmpas yr ystafell, yn gyntaf ar y fam, yna ar y mab, yna ar Matilda. 'Sut *gallai* e fod wedi digwydd?' gwaeddodd.

'Dw i'n dychmygu, Dad,' meddai Matilda'n dawel, 'nad oeddet ti'n edrych yn graff iawn ac fe gymeraist ti botel stwff gwallt Mam oddi ar y silff yn lle dy un di.'

'*Wrth gwrs* mai dyna beth ddigwyddodd!' gwaeddodd y fam. 'Wel wir, Harry, beth yw'r dwli 'ma sydd arnat ti?

Pam na wnest ti ddarllen y label cyn dechrau tasgu'r stwff drosot ti i gyd! Mae fy un i'n *ofnadwy* o gryf. Dim ond llond un llwy fwrdd sydd angen ei ddefnyddio mewn basn cyfan o ddŵr ac rwyt ti wedi'i roi e dros dy wallt heb ddŵr! Mae'n debyg y bydd e'n mynd â'th wallt i gyd i ffwrdd yn y diwedd! Ydy croen dy ben yn dechrau llosgi, cariad?'

'Wyt ti'n meddwl fy mod i'n mynd i golli fy ngwallt?' gwaeddodd y gŵr.

'Dw i'n credu dy fod ti,' meddai'r fam. 'Mae perocsid yn gemegyn pwerus iawn. Dyna beth maen nhw'n ei roi i lawr y tŷ bach i ddiheintio'r pan, ond eu bod nhw'n rhoi enw arall arno.'

'Beth wyt ti'n ddweud?' gwaeddodd y gŵr. 'Nid pan tŷ bach ydw i! Dw i ddim eisiau cael fy niheintio!'

'Hyd yn oed gyda dŵr fel dw i'n ei ddefnyddio fe,' meddai'r fam wrtho, 'mae'n gwneud i gryn dipyn o'm gwallt *i* gwympo allan, felly Duw a ŵyr beth sy'n mynd i ddigwydd i ti. Dw i'n synnu na thynnodd e gorun dy ben di i ffwrdd!'

'Beth wnaf i?' llefodd y tad. 'Dwed wrtha i'n glou beth i'w wneud cyn iddo fe ddechrau cwympo mas!'

Meddai Matilda, 'Pe byddwn i yn dy le di, Dad, fe fyddwn i'n ei olchi fe'n dda â sebon a dŵr. Ond fe fydd rhaid i ti frysio.'

'Fydd hynny'n newid y lliw 'nôl?' gofynnodd y tad yn bryderus.

'Wrth gwrs na fydd e, yr iolyn,' meddai'r fam.

'Wel beth wnaf i 'te? Alla i ddim mynd o gwmpas yn edrych fel hyn am byth!'

'Fe fydd rhaid i ti ei gael e wedi'i liwio'n ddu,' meddai'r fam. 'Ond golcha fe'n gyntaf neu fydd dim yno i'w liwio.'

'O'r gorau!' gwaeddodd y tad, gan neidio ar ei draed. 'Cer i drefnu apwyntiad i mi gael lliwio fy ngwallt yn dy salon gwallt ar unwaith! Dwed wrthyn nhw ei bod hi'n argyfwng! Mae'n rhaid iddyn nhw gael gwared ar rywun arall oddi ar eu rhestr! Dw i'n mynd i fyny'r grisiau i'w olchi fe nawr!' Ar hynny rhuthrodd y dyn allan o'r ystafell ac aeth Mrs Wormwood, gan ochneid-io'n ddwfn, at y ffôn i alw'r salon harddwch.

'Mae e'n gwneud pethau digon twp bob hyn a hyn, on'd yw e, Mam?' meddai Matilda.

Meddai'r fam, wrth ddeialu'r rhif ar y ffôn, 'Dw i'n ofni nad yw dynion bob amser lawn mor glyfar ag maen nhw'n meddwl ydyn nhw. Fe ddysgi di hynny wrth i ti dyfu ychydig yn hŷn, 'merch i.'

Miss Honey

Roedd Matilda ychydig yn hwyr yn dechrau'r ysgol. Mae'r rhan fwyaf o blant yn dechrau'r Ysgol Gynradd yn bum mlwydd oed neu hyd yn oed cyn hynny, ond roedd rhieni Matilda, nad oedden nhw'n poeni un ffordd neu'r llall am addysg eu merch, wedi anghofio gwneud y trefniadau cywir ymlaen llaw. Roedd hi'n bump a hanner pan aeth hi i'r ysgol am y tro cyntaf.

Adeilad brics llwm o'r enw Ysgol Gynradd Crunchem Hall oedd ysgol y pentref i blant iau. Roedd tua dau gant a hanner o blant o bump i ychydig o dan ddeuddeg oed yno. Draig o ddynes ganol oed o'r enw Miss Trunchbull oedd y brifathrawes, y bos, prif reolwr y sefydliad hwn.

Yn naturiol cafodd Matilda ei rhoi yn y dosbarth gwaelod, lle roedd un deg wyth o fechgyn a merched bach eraill tua'r un oedran â hi. Miss Honey oedd enw eu hathrawes, ac allai hi ddim fod wedi bod yn hŷn na thair ar hugain neu bedair ar hugain oed. Roedd ganddi wyneb hirgrwn gwelw hyfryd fel y Forwyn Fair gyda llygaid glas ac roedd ei gwallt yn frown golau. Roedd ei chorff mor denau a bregus nes bod rhywun yn cael y teimlad, petai hi'n cwympo, y byddai hi'n chwalu'n fil o ddarnau, fel ffigwr porslen.

Person hynaws a thawel oedd Miss Jennifer Honey; ni fyddai byth yn codi ei llais ac yn anaml y byddai'n gwenu, ond does dim dwywaith fod ganddi'r ddawn brin honno o gael ei haddoli gan bob plentyn bach o dan ei gofal. Roedd hi fel petai'n deall yn llwyr y dryswch a'r ofn sydd mor aml yn llethu plant ifainc sy'n cael eu gyrru i mewn i ystafell ddosbarth am y tro cyntaf ac sy'n cael rhywun yn dweud wrthyn nhw am ufuddhau i orchmynion. Roedd rhyw gynhesrwydd rhyfedd roedd hi bron yn bosibl ei gyffwrdd yn pelydru o wyneb Miss Honey wrth iddi siarad ag aelod newydd dryslyd a hiraethus o'r dosbarth.

Roedd Miss Trunchbull, y Brifathrawes, yn gwbl wahanol. Roedd hi'n codi arswyd ar bawb, yn anghenfil ffyrnig a gormesol a oedd yn dychryn disgyblion ac athrawon fel ei gilydd. Roedd rhywbeth bygythiol amdani hyd yn oed o bellter, a phan oedd hi'n dod yn agos gallet ti bron â theimlo'r gwres peryglus yn pelydru ohoni fel rhoden wynias o fetel. Pan fyddai hi'n martsio – fyddai Miss Trunchbull byth yn cerdded, byddai hi bob amser yn martsio fel milwr gyda chamau bras a'i breichiau'n siglo – pan fyddai hi'n martsio ar hyd coridor fe allet ti ei chlywed hi'n rhochian wrth fynd, a phetai criw o blant yn digwydd bod yn ei llwybr, byddai'n bustachu drwyddyn nhw fel tanc, gyda phlantos bach yn bownsio oddi arni i'r chwith ac i'r dde. Diolch byth nad ydyn ni'n cwrdd â llawer o bobl fel hi yn y byd yma, er eu bod nhw i'w cael ac mae pob un ohonon ni'n debygol o ddod ar draws un ohonyn nhw o leiaf yn ystod ein bywydau. Os doi di ar draws un byth, dylet ti ymddwyn fel y byddet ti petaet ti'n cwrdd â rhinoseros cynddeiriog allan yn y gwyllt – dringo'r goeden agosaf ac aros yno tan iddo fynd i ffwrdd. Mae

bron yn amhosibl disgrifio holl nodweddion rhyfedd a
golwg y fenyw hon, ond fe geisiaf wneud hynny ychydig
yn nes ymlaen. Gad i ni ei gadael hi am eiliad a mynd
yn ôl at Matilda a'i diwrnod cyntaf yn nosbarth Miss
Honey.

Ar ôl y busnes arferol o fynd drwy enwau'r plant i
gyd, rhoddodd Miss Honey lyfr gwaith newydd sbon i
bob disgybl.

'Rydych chi i gyd wedi dod â'ch pensiliau eich
hunain, gobeithio,' meddai hi.

'Ydyn, Miss Honey,' meddai pawb gyda'i gilydd.

'Da iawn. Nawr dyma ddiwrnod cyntaf yr ysgol i bob
un ohonoch chi. Dyma ddechrau o leiaf wyth mlynedd
o ysgol rydych chi i gyd yn mynd i orfod mynd

drwyddyn nhw. A bydd chwech o'r blynyddoedd hynny'n cael eu treulio yma yn Crunchem Hall, lle, fel y gwyddoch chi, mae Miss Trunchbull yn Brifathrawes arnoch chi. Gadewch i mi ddweud rhywbeth wrthoch chi er eich lles eich hunan am Miss Trunchbull. Mae hi'n mynnu cael disgyblaeth lem drwy'r ysgol i gyd, ac os gwrandewch chi ar fy nghyngor i, byddwch chi'n gwneud eich gorau glas i ymddwyn yn dda pan fydd hi o gwmpas. Peidiwch byth â dadlau â hi. Peidiwch byth â'i hateb 'nôl. Gwnewch fel mae hi'n ei ddweud bob amser. Os bydd Miss Trunchbull yn cymryd yn eich erbyn chi, gall hi eich hylifo chi fel moron mewn cymysgydd cegin. Dyw hynny ddim yn ddoniol, Lavender. Paid â gwenu fel 'na. Fe fydd hi'n fuddiol i bob un ohonoch chi gofio bod Miss Trunchbull yn llym iawn wrth unrhyw un sydd ddim yn dilyn y drefn yn yr ysgol hon. Ydych chi wedi deall y neges?'

'Ydyn, Miss Honey,' meddai un deg wyth o leisiau bach brwd yn llon.

'Dw i fy hunan,' aeth Miss Honey yn ei blaen, 'eisiau eich helpu chi i ddysgu cymaint ag sy'n bosibl tra byddwch chi yn y dosbarth hwn. Mae hyn oherwydd fy mod i'n gwybod y bydd yn gwneud pethau'n haws i chi yn nes ymlaen. Er enghraifft, erbyn diwedd yr wythnos hon fe fydda i'n disgwyl i bob un ohonoch chi wybod tabl dau ar eich cof. Ac ymhen blwyddyn dw i'n gobeithio y byddwch chi'n gwybod y tablau lluosi i gyd hyd at ddeuddeg. Fe fydd yn help enfawr i chi os byddwch chi. Nawr 'te, oes unrhyw un ohonoch chi wedi digwydd dysgu tabl dau yn barod?'

Cododd Matilda ei llaw. Hi oedd yr unig un.

Edrychodd Miss Honey yn ofalus ar y ferch bitw fach â'r gwallt tywyll a'r wyneb crwn difrifol yn eistedd yn yr ail res. 'Ardderchog,' meddai hi. 'Wnei di godi ac adrodd cymaint ag y medri di ohono.'

Cododd Matilda a dechrau adrodd tabl dau. Pan ddaeth hi at un deg dau dau yw dau ddeg pedwar arhosodd hi ddim. Aeth hi'n syth ymlaen i un deg tri dau yw dau ddeg chwech, un deg pedwar dau yw dau ddeg wyth, un deg pump dau yw tri deg, un deg chwech dau yw . . .

'Aros!' meddai Miss Honey. Roedd hi wedi bod yn gwrando, wedi'i swyno braidd gan yr adroddiad llyfn hwn, ac meddai, 'Pa mor bell fedri di fynd?'

'Pa mor bell?' meddai Matilda. 'Wel, dw i ddim wir yn gwybod, Miss Honey. Yn eithaf pell, dw i'n meddwl.'

Cymerodd Miss Honey ychydig eiliadau i ddeall y gosodiad rhyfedd hwn. 'Wyt ti'n meddwl,' meddai hi, 'y gallet ti ddweud wrtha i beth yw dau ddeg wyth dau?'

'Ydw, Miss Honey.'

'Beth yw e?'

'Pum deg chwech, Miss Honey.'

'Beth am rywbeth lawer mwy anodd, fel dau bedwar cant wyth deg saith? Allet ti ddweud 'na wrtha i?'

'Gallwn, dw i'n meddwl,' meddai Matilda.

'Wyt ti'n siŵr?'

'Wel ydw, Miss Honey, dw i'n weddol siŵr.'

'Beth yw e 'te, pedwar cant wyth deg saith dau?'

'Naw cant saith deg pedwar,' meddai Matilda'n syth. Siaradodd yn dawel ac yn gwrtais a heb unrhyw arwydd ei bod hi'n dangos ei hun.

Syllodd Miss Honey ar Matilda mewn rhyfeddod llwyr, ond pan siaradodd nesaf cadwodd ei llais yn wastad. 'Mae hynny'n wirioneddol ardderchog,' meddai hi. 'Ond wrth gwrs mae lluosi â dau'n llawer haws na rhai o'r rhifau mwy. Beth am y tablau eraill? Wyt ti'n gwybod unrhyw un o'r rheina?'

'Ydw, dw i'n meddwl, Miss Honey. Dw i'n meddwl fy mod i.'

'Pa rai, Matilda? Pa mor bell wyt ti wedi mynd?'

'Dw . . . dw i ddim yn gwybod yn iawn,' meddai Matilda. 'Dw i ddim yn gwybod beth rydych chi'n feddwl.'

'Beth dw i'n feddwl yw wyt ti'n gwybod tabl tri, er enghraifft?'

'Ydw, Miss Honey.'

'A tabl pedwar?'

'Ydw, Miss Honey.'

'Wel, faint *wyt* ti'n ei wybod, Matilda? Wyt ti'n gwybod yr holl ffordd i fyny i dabl un deg dau?'

'Ydw, Miss Honey.'

'Beth yw saith un deg dau?'

'Wyth deg pedwar,' meddai Matilda.

Oedodd Miss Honey a phwyso'n ôl yn ei chadair y tu ôl i'r bwrdd plaen a oedd yng nghanol y llawr o flaen y dosbarth. Roedd hi wedi cael ei hysgwyd i'r byw gan y sgwrs hon ond gofalodd beidio â dangos hynny. Doedd hi erioed wedi dod ar draws plentyn pum mlwydd oed o'r blaen, neu'n wir blentyn deng mlwydd oed, a oedd yn gallu lluosi mor hawdd â hyn.

'Gobeithio bod y gweddill ohonoch chi'n gwrando ar hyn,' meddai hi wrth y dosbarth. 'Mae Matilda'n ferch lwcus iawn. Mae ganddi rieni gwych sydd wedi'i dysgu hi'n barod i luosi llawer o rifau. Ai dy fam ddysgodd di, Matilda?'

'Nage, Miss Honey.'

'Rhaid bod tad gwych gyda ti 'te. Rhaid ei fod e'n athro dawnus.'

'Na, Miss Honey,' meddai Matilda'n dawel. 'Nid fy nhad ddysgodd fi.'

'Felly, fe wnest ti dy ddysgu dy hunan?'

'Dw i ddim yn gwybod yn iawn,' meddai Matilda'n onest. 'Dydy hi ddim yn anodd iawn i mi luosi un rhif ag un arall, dyna i gyd.'

Cymerodd Miss Honey anadl ddofn a'i gadael allan yn araf. Edrychodd eto ar y ferch fach â'r llygaid disglair yn sefyll mor gall a difrifol wrth ei desg. 'Rwyt ti'n dweud nad yw hi'n anodd i ti luosi un rhif ag un arall,' meddai Miss Honey. 'Allet ti geisio egluro ryw ychydig ar hynny?'

'O'r andros,' meddai Matilda. 'Dw i ddim wir yn siŵr.'

Arhosodd Miss Honey. Roedd y dosbarth yn dawel, a phawb yn gwrando.

'Er enghraifft,' meddai Miss Honey, 'petawn i'n gofyn i ti luosi un deg pedwar ag un deg naw . . . Na, mae hynny'n rhy anodd . . .'

'Dau gant chwe deg chwech yw e,' meddai Matilda'n dawel.

Syllodd Miss Honey arni. Wedyn cymerodd bensil a gweithio'r sym allan yn gyflym ar ddarn o bapur. 'Beth ddwedaist ti oedd e?' meddai hi, gan edrych i fyny.

'Dau gant chwe deg chwech,' meddai Matilda.

Rhoddodd Miss Honey ei phensil i lawr a thynnu ei sbectol a dechrau ei glanhau â darn o hances bapur. Roedd y dosbarth yn dal yn dawel, yn ei gwylio hi ac yn aros am yr hyn fyddai'n digwydd nesaf. Roedd Matilda'n dal i sefyll wrth ei desg.

'Nawr dwed wrtha i, Matilda,' meddai Miss Honey, gan ddal ati i lanhau'r sbectol, 'ceisia ddweud wrtha i'n union beth sy'n digwydd yn dy ben pan fyddi di'n cael sym lluosi fel yna i'w gwneud. Rwyt ti'n amlwg yn gorfod ei gweithio hi allan rywsut, ond rwyt ti fel taset ti'n gallu cyrraedd yr ateb bron yn syth. Cymer y sym rwyt ti newydd ei gwneud, un deg pedwar wedi'i luosi ag un deg naw.

'Dw . . . dw . . . dw i'n rhoi'r un deg pedwar i lawr yn fy mhen, dyna i gyd, a'i luosi ag un deg naw,' meddai Matilda. 'Mae arna i ofn nad ydw i'n gwybod sut alla i egluro'r peth fel arall. Dw i bob amser wedi dweud wrthyf fy hunan, os yw cyfrifiannell bach yn gallu'i wneud e, pam na ddylwn i?'

'Pam lai, yn wir?' meddai Miss Honey. 'Mae'r
ymennydd dynol yn rhyfeddol.'

'Dw i'n credu ei fod e'n llawer gwell na lwmp o fetel,'
meddai Matilda. 'Dyna'r cyfan yw cyfrifiannell.'

'Rwyt ti'n hollol gywir,' meddai Miss Honey. 'Does
dim hawl dod â chyfrifiannell i'r ysgol hon beth
bynnag.' Roedd Miss Honey'n teimlo'n eithaf sigledig.
Doedd dim amheuaeth yn ei meddwl ei bod wedi
cyfarfod ag ymennydd mathemategol hollol hynod, ac
aeth geiriau fel plentyn o athrylith a rhyfeddod drwy
ei meddwl. Roedd hi'n gwybod bod y math yma o
ryfeddodau'n codi yn y byd o bryd i'w gilydd, ond dim
ond unwaith neu ddwywaith mewn can mlynedd.
Wedi'r cyfan, dim ond pum mlwydd oed oedd Mozart
pan ddechreuodd gyfansoddi i'r piano ac edrych beth
ddigwyddodd iddo fe.

'Dydy hi ddim yn deg,' meddai Lavender. 'Sut gall hi
ei wneud e a ninnau'n methu?'

69

'Paid â phoeni, Lavender, fyddi di ddim yn hir yn dal i fyny,' meddai Miss Honey, gan raffu celwyddau.

Ar hynny allai Miss Honey ddim gwrthsefyll y demtasiwn o ymchwilio ymhellach i feddwl y plentyn anhygoel hwn. Roedd hi'n gwybod y dylai hi fod yn rhoi peth sylw i weddill y dosbarth ond roedd hi'n rhy gyffrous o lawer i adael llonydd i'r mater.

'Wel,' meddai hi, gan esgus siarad â'r dosbarth cyfan, 'gadewch i ni adael symiau am eiliad a gweld a oes un ohonoch chi wedi dysgu sillafu. Dwylo i fyny unrhyw un sy'n gallu sillafu cath.'

Aeth tair llaw i fyny. Dwylo Lavender, bachgen bach o'r enw Nigel a Matilda oedden nhw.

'Sillafa cath, Nigel.'

Sillafodd Nigel y gair.

Nawr penderfynodd Miss Honey ofyn cwestiwn na fyddai fel arfer wedi breuddwydio'i ofyn i'r dosbarth ar y diwrnod cyntaf. 'Tybed,' meddai hi, 'a oes unrhyw un ohonoch chi'ch tri sy'n gwybod sut i sillafu cath wedi dysgu sut i ddarllen nifer o eiriau pan fyddan nhw wedi'u rhoi at ei gilydd mewn brawddeg?'

'Dw i wedi,' meddai Nigel.

'A finnau hefyd,' meddai Lavender.

Aeth Miss Honey at y bwrdd du ac ysgrifennu â'i sialc gwyn y frawddeg, *Rydw i wedi dechrau dysgu sut i ddarllen brawddegau hir yn barod*. Roedd hi wedi gwneud y frawddeg yn anodd yn fwriadol ac roedd hi'n gwybod mai prin iawn oedd y plant pum mlwydd oed a fyddai'n gallu ei darllen hi.

'Fedri di ddweud wrtha i beth sydd ar y bwrdd du, Nigel?' gofynnodd.

'Mae hwnna'n rhy anodd,' meddai Nigel.

'Lavender?'

'*Rydw* yw'r gair cyntaf,' meddai Lavender.

'Oes unrhyw un yn gallu darllen y frawddeg gyfan?' gofynnodd Miss Honey, gan ddisgwyl am yr 'oes' roedd hi'n sicr fyddai'n dod oddi wrth Matilda.

'Oes,' meddai Matilda.

'Darllen hi 'te,' meddai Miss Honey.

Darllenodd Matilda'r frawddeg heb unrhyw oedi o gwbl.

'Mae hynny'n dda iawn, wir,' meddai Miss Honey, a dweud yn fwy cynnil nag oedd hi wedi gwneud erioed. 'Faint *wyt* ti'n gallu darllen, Matilda?'

'Dw i'n credu fy mod i'n gallu darllen y rhan fwyaf o bethau, Miss Honey,' meddai Matilda, 'er nad ydw i'n deall yr ystyr bob amser, mae arna i ofn.'

Cododd Miss Honey ar ei thraed a cherdded allan o'r ystafell yn sydyn, ond roedd hi'n ôl mewn tri deg eiliad yn cario llyfr trwchus. Agorodd ef ar hap a'i roi ar ddesg Matilda. 'Llyfr o farddoniaeth ddoniol yw hwn,' meddai hi. 'Edrych i weld a fedri di ddarllen hwnna'n uchel.'

Yn llyfn, heb oedi ac ar gyflymdra da, dechreuodd Matilda:

> 'Daeth gwron yng ngwesty Tre-rhiw
> O hyd i lygoden mewn stiw,
> Meddai'r gweinydd, "Os gallwch,
> Peidiwch dweud, o plis, peidiwch,
> Neu bydd pawb isio ll'godan, jiw, jiw!"'

Gwelodd nifer o blant ochr ddoniol y pennill a chwerthin. 'Wyt ti'n gwybod beth yw gwron, Matilda?'

'Dyn dewr neu arwr,' meddai Matilda.

'Cywir,' meddai Miss Honey. 'Ac wyt ti'n digwydd gwybod beth yw'r enw ar y math arbennig yna o farddoniaeth?'

'Limrig yw e,' meddai Matilda. 'Mae hwnna'n un hyfryd. Mae e mor ddoniol.'

'Mae e'n un enwog,' meddai Miss Honey, gan godi'r llyfr a mynd yn ôl at ei desg o flaen y dosbarth. 'Mae'n anodd iawn ysgrifennu limrig doniol,' ychwanegodd. 'Maen nhw'n edrych yn hawdd ond dydyn nhw ddim, yn bendant.'

'Dw i'n gwybod,' meddai Matilda. 'Dw i wedi rhoi cynnig arni sawl gwaith ond dyw fy rhai i byth o unrhyw werth.'

'Rwyt ti wedi trio ysgrifennu rhai, wyt ti?' meddai Miss Honey, wedi'i synnu fwy nag erioed. 'Wel, Matilda, fe fyddwn i wrth fy modd yn clywed un o'r limrigau rwyt ti'n dweud dy fod wedi'u hysgrifennu. Allet ti geisio cofio un i ni?'

'Wel,' meddai Matilda, ac oedi, 'a dweud y gwir dw i wedi bod yn ceisio ysgrifennu un amdanoch chi, Miss Honey, tra buon ni'n eistedd fan hyn.'

'Amdanaf *i*!' meddai Miss Honey yn uchel. 'Wel, mae'n rhaid i ni glywed hwnna, on'd oes?'

'Dw i ddim yn credu fy mod i eisiau ei adrodd e, Miss Honey.'

'Plis dwed e,' meddai Miss Honey. 'Dw i'n addo na fydd gwahaniaeth gen i.'

'Dw i'n credu y bydd gwahaniaeth gyda chi, Miss Honey, achos mae'n rhaid i mi ddefnyddio eich enw cyntaf i gael yr odl a dyna pam dw i ddim eisiau ei adrodd e.'

'Sut rwyt ti'n gwybod fy enw cyntaf?' gofynnodd Miss Honey.

'Fe glywais i athrawes arall yn eich galw chi wrtho fe cyn i ni ddod i mewn,' meddai Matilda. 'Fe alwodd hi chi'n Jenny.'

'Dw i'n mynnu clywed y limrig yma,' meddai Miss Honey, a gwenu un o'i gwenau prin. 'Cod ar dy draed a'i adrodd e.'

Yn anfodlon braidd safodd Matilda ar ei thraed ac yn araf iawn, yn nerfus iawn, adroddodd ei limrig:

'Mae pawb heddiw'n holi am Jenny,
"Sawl merch sydd mor brydferth â hynny
Ag wyneb mor hardd
Â blodau yr ardd?"
A'r ateb yw, "Wel, does neb felly!"'

Gwridodd wyneb gwelw a hawddgar Miss Honey yn goch llachar i gyd. Wedyn gwenodd unwaith eto. Roedd hi'n wên letach o lawer y tro hwn, gwên o bleser pur.

'Wel, diolch, Matilda,' meddai, gan ddal i wenu. 'Er nad yw e'n wir, mae'n limrig arbennig o dda. Bobl bach, bobl bach, fe fydd rhaid i mi geisio cofio hwnna.'

O'r drydedd res o ddesgiau, meddai Lavender, 'Mae e'n dda, dw i'n ei hoffi fe.'

'Mae e'n wir hefyd,' meddai bachgen bach o'r enw Rupert.

'Wrth gwrs ei fod e'n wir,' meddai Nigel.

Roedd y dosbarth cyfan wedi dechrau hoffi Miss Honey yn barod, er nad oedd hi wedi cymryd sylw o unrhyw un ohonyn nhw eto, oni bai am Matilda.

'Pwy ddysgodd di i ddarllen, Matilda?' gofynnodd Miss Honey.

'Rhyw fath o ddysgu fy hunan wnes i, Miss Honey.'

'Ac wyt ti wedi darllen unrhyw lyfrau ar dy ben dy hun, unrhyw lyfrau plant, hynny yw?'

'Dw i wedi darllen pob un sydd yn y llyfrgell gyhoeddus yn y Stryd Fawr, Miss Honey.'

'Ac oeddet ti'n eu hoffi nhw?'

'Roeddwn i'n hoffi rhai ohonyn nhw'n fawr iawn,' meddai Matilda, 'ond roeddwn i'n meddwl bod rhai ohonyn nhw'n eithaf diflas.'

'Dwed wrtha i am un roeddet ti'n ei hoffi.'

'Roeddwn i'n hoffi *The Lion, the Witch and the Wardrobe*,' meddai Matilda. 'Dw i'n credu bod Mr C. S. Lewis yn awdur da iawn. Ond mae un gwendid ganddo. Does dim darnau doniol yn ei lyfrau.'

'Rwyt ti'n gywir,' meddai Miss Honey.

'Does dim llawer o ddarnau doniol yn Mr Tolkien chwaith,' meddai Matilda.

'Wyt ti'n credu y dylai fod darnau doniol ym mhob llyfr plant?' gofynnodd Miss Honey.

'Ydw,' meddai Matilda. 'Dydy plant ddim mor ddifrifol ag oedolion ac maen nhw'n dwlu ar chwerthin.'

Roedd Miss Honey wedi'i rhyfeddu gan ddoethineb y ferch fach hon. Dywedodd, 'A beth wyt ti'n mynd i'w wneud nawr a tithau wedi darllen yr holl lyfrau plant eraill?'

'Dw i'n darllen llyfrau eraill,' meddai Matilda. 'Dw i'n eu benthyg nhw o'r llyfrgell. Mae Mrs Phelps yn garedig iawn wrtha i. Mae hi'n fy helpu i'w dewis nhw.'

Roedd Miss Honey'n pwyso ymhell ymlaen dros ei bwrdd gwaith ac yn syllu mewn rhyfeddod ar y plentyn. Roedd hi bellach wedi anghofio'n llwyr am weddill y dosbarth. 'Pa lyfrau eraill?' murmurodd.

'Dw i'n hoff iawn o Charles Dickens,' meddai Matilda. 'Mae e'n gwneud i mi chwerthin llawer. Yn arbennig Mr Pickwick.'

Yr eiliad honno canodd y gloch yn y coridor i ddangos bod y wers ar ben.

Y Trunchbull

Yn ystod amser egwyl, gadawodd Miss Honey yr ystafell ddosbarth a mynd yn syth am stydi'r Brifathrawes. Roedd hi'n teimlo'n wyllt o gyffrous. Roedd hi newydd gwrdd â merch fach yr oedd ganddi, neu felly roedd hi'n ymddangos iddi, rinweddau deallusrwydd anhygoel. Doedd dim digon o amser wedi bod eto i ddarganfod yn union pa mor ddeallus oedd y plentyn, ond roedd Miss Honey wedi dysgu digon i sylweddoli bod rhaid gwneud rhywbeth am y peth cyn gynted â phosibl. Byddai gadael plentyn fel yna yn y dosbarth gwaelod yn chwerthinllyd.

Fel arfer roedd y Brifathrawes yn dychryn Miss Honey ac roedd hi'n cadw'n ddigon pell oddi wrthi, ond yr eiliad hon roedd hi'n teimlo'n barod i wynebu unrhyw un. Curodd ar ddrws y stydi breifat arswydus. 'Dewch i mewn!' atseiniodd llais dwfn a pheryglus Miss Trunchbull. Aeth Miss Honey i mewn.

Nawr mae'r rhan fwyaf o brifathrawon yn cael eu dewis am fod ganddyn nhw nifer o rinweddau gwych. Maen nhw'n deall plant ac yn poeni am eu lles nhw. Maen nhw'n llawn cydymdeimlad. Maen nhw'n deg ac yn ymddiddori'n fawr mewn addysg. Doedd gan Miss Trunchbull ddim un o'r rhinweddau hyn ac roedd hi'n ddirgelwch sut cafodd hi ei swydd bresennol.

Yn fwy na dim, roedd hi'n fenyw a hanner. Roedd hi wedi bod yn athletwraig enwog unwaith, a hyd yn oed nawr roedd ei chyhyrau'n dal yn amlwg. Gallet ti eu gweld nhw yn y gwddf mawr fel tarw, yn yr ysgwyddau mawr, yn y breichiau trwchus, yn yr arddyrnau gewynnol ac yn y coesau pwerus. O edrych arni, roeddet ti'n cael y teimlad fod hon yn rhywun a allai blygu barrau haearn a rhwygo cyfeiriaduron ffôn yn eu hanner. Mae arna i ofn nad oedd ei hwyneb yn brydferth nac yn destun llawenydd oesol. Roedd ganddi ên ystyfnig, ceg greulon a llygaid bach trahaus. Ac am ei dillad . . . roedden nhw'n hynod o ryfedd, a dweud y lleiaf. Roedd hi bob amser yn gwisgo smoc gotwm frown a oedd wedi'i thynnu i mewn â gwregys lledr mawr am ei chanol. Roedd y gwregys wedi'i gau yn y blaen â bwcl arian enfawr. Roedd y cluniau anferth a oedd yn dod allan o'r smoc mewn pâr o drowsus pen-glin anghyff-redin, o liw potel werdd ac o frethyn garw. Roedd y trowsus pen-glin yma'n cyrraedd yn union o dan y pengliniau. O hynny i lawr roedd hi'n gwisgo sanau gwyrdd a'u topiau wedi'u troi i lawr, a'r rheini'n dangos cyhyrau ei choesau'n berffaith. Am ei thraed gwisgai esgidiau brown sodlau isel gyda fflapiau lledr. Mewn gair, roedd hi'n edrych yn fwy fel dilynwr cŵn hela hynod ryfedd ac od na phrifathrawes ysgol neis i blant.

Pan ddaeth Miss Honey i mewn i'r stydi, roedd Miss Trunchbull yn sefyll yn ymyl ei desg enfawr a golwg ddiamynedd, guchiog ar ei hwyneb. 'Ie, Miss Honey,' meddai hi. 'Beth ydych chi eisiau? Rydych chi'n edrych yn goch a llawn ffws a ffwdan y bore 'ma. Beth sy'n bod arnoch chi? Ydy'r hen ddiawliaid bach wedi bod yn bwrw peli poer atoch chi?'

'Nac ydyn, Brifathrawes. Dim byd fel yna.'

'Wel, beth sydd, 'te. Dewch, wir. Dw i'n fenyw brysur.' Wrth iddi siarad, dyma hi'n estyn ac arllwys gwydraid o ddŵr iddi hi ei hunan o jwg a oedd bob amser ar ei desg.

'Mae merch fach yn fy nosbarth o'r enw Matilda Wormwood . . .' dechreuodd Miss Honey.

'Merch y dyn sy'n berchen Garej Wormwood yn y pentref,' cyfarthodd Miss Trunchbull. Doedd hi byth braidd yn siarad mewn llais normal. Roedd hi naill ai'n cyfarth neu'n gweiddi. 'Person ardderchog, Worm-wood,' aeth yn ei blaen. 'Roeddwn i yno ddoe ddiwethaf. Fe werthodd gar i mi. Bron yn newydd. Dim ond wedi gwneud deg mil o filltiroedd. Hen wraig oedd yn berchen arno, dim ond unwaith y flwyddyn ar y mwyaf roedd hi'n arfer gyrru'r car. Bargen ryfeddol. Oeddwn, roeddwn i'n hoffi Wormwood. Un o golofnau ein cymdeithas. Ond fe ddwedodd mai hen gnawes fach oedd y ferch. Roedd e'n dweud wrthon ni am gadw llygad arni hi. Fe ddywedodd e, petai unrhyw beth gwael yn digwydd yn yr ysgol, mai ei ferch fyddai ar fai, siŵr o fod. Dw i ddim wedi cwrdd â'r gnawes fach eto, ond fe fydd hi'n gwybod yn iawn pan wnaf i. Fe ddywedodd ei thad mai hen sguthan fach yw hi.'

'O na, Brifathrawes, all hynny byth fod yn iawn!' llefodd Miss Honey.

'O ie, Miss Honey, mae hynny'n hollol iawn! Mewn gwirionedd, o feddwl am y peth, fe fentra i mai hi roddodd y bom drewi o dan fy nesg fan hyn y peth cynta'r bore 'ma. Roedd y lle'n drewi fel carthffos!

Wrth gwrs mai hi oedd hi! Fe rof i gosb iddi am hynny, fe gewch chi weld! Sut olwg sydd arni? Hen sarff fach, dw i'n siŵr. Dw i wedi darganfod, Miss Honey, yn ystod fy ngyrfa hir fel athrawes, fod merch ddrwg yn greadur llawer mwy peryglus na bachgen drwg. At hynny, maen nhw'n llawer mwy anodd eu sathru. Mae sathru merch ddrwg fel ceisio sathru cleren las. Rydych chi'n eu taro nhw i lawr a dyw'r diawl peth ddim yna. Hen bethau cas a brwnt yw merched bach. Diolch byth na fues i erioed yn un.'

'Ond mae'n rhaid eich bod chi wedi bod yn ferch fach unwaith, Brifathrawes. Mae'n rhaid eich bod chi.'

'Ddim yn hir beth bynnag,' cyfarthodd Miss Trunch-bull, a gwenu. 'Roeddwn i'n fenyw mewn dim o dro.'

Mae hi'n gwbl wallgof, meddai Miss Honey wrthi ei hunan. Mae hi'n hanner call a dwl. Safodd Miss Honey yn benderfynol o flaen y Brifathrawes. Am unwaith doedd hi ddim yn mynd i gael ei llorio. 'Mae'n rhaid i mi ddweud wrthoch chi, Brifathrawes,' meddai, 'eich bod chi'n hollol anghywir am Matilda yn rhoi bom drewi o dan eich desg.'

'Dydw i byth yn anghywir, Miss Honey!'

'Ond Brifathrawes, dim ond y bore 'ma y cyrhaedd-odd y plentyn yr ysgol ac fe ddaeth hi'n syth i'r ystafell ddosbarth . . .'

'Peidiwch â dadlau â mi, er mwyn y nefoedd, fenyw! Mae'r bwystfil bach Matilda neu beth bynnag yw ei henw wedi rhoi bom drewi yn fy stydi! Does dim dwy-waith amdani! Diolch am awgrymu'r peth.'

'Ond wnes i ddim awgrymu'r peth, Brifathrawes.'

'Wrth gwrs y gwnaethoch chi! Nawr beth rydych chi ei eisiau, Miss Honey? Pam rydych chi'n gwastraffu fy amser?'

'Dw i wedi dod i siarad â chi am Matilda, Brifathrawes. Mae gen i bethau rhyfeddol i'w dweud am y plentyn. A gaf i ddweud wrthoch chi beth sydd newydd ddigwydd yn y dosbarth?'

'Mae'n debyg iddi roi eich sgert ar dân a llosgi eich nicers!' chwarddodd Miss Trunchbull.

'Naddo, naddo!' llefodd Miss Honey. 'Mae Matilda'n athrylith.'

O glywed y gair yma, trodd wyneb Miss Trunchbull yn borffor ac roedd ei hwyneb i gyd fel petai'n chwyddo fel llyffant mawr. '*Athrylith*!' gwaeddodd. 'Beth yw'r dwli 'ma sydd arnoch chi, madam? Rhaid eich bod chi'n gwbl wallgof! Mae ei thad yn mynnu mai hen gnawes yw hi!'

'Mae ei thad yn anghywir, Brifathrawes.'

'Peidiwch â bod yn dwp, Miss Honey! Rydych chi wedi cwrdd â'r bwystfil bach am hanner awr yn unig ac mae ei thad wedi'i hadnabod hi gydol ei bywyd!'

Ond roedd Miss Honey yn benderfynol o ddweud ei dweud a nawr dyma hi'n dechrau disgrifio rhai o'r

pethau anhygoel roedd Matilda wedi'u gwneud gyda rhifyddeg.

'Felly mae hi wedi dysgu rhai tablau ar ei chof, ydy hi?' cyfarthodd Miss Trunchbull. 'Fenyw annwyl, dyw hynny ddim yn golygu ei bod hi'n athrylith! Mae hynny'n golygu mai parot yw hi!'

'Ond Brifathrawes, mae hi'n gallu *darllen*.'

'A finnau hefyd,' meddai Miss Trunchbull yn swta.

'Fy marn i,' meddai Miss Honey, 'yw y dylai Matilda gael ei thynnu allan o'm dosbarth i a'i rhoi'n syth yn y dosbarth uchaf gyda'r plant un ar ddeg oed.'

'Ha!' chwarddodd Miss Trunchbull. 'Felly rydych chi eisiau cael gwared arni, ydych chi? Felly allwch chi mo'i thrin hi? Felly nawr rydych chi eisiau ei dadlwytho hi ar Miss Plimsoll druan yn y dosbarth uchaf lle bydd hi'n creu mwy byth o anhrefn?'

'Nac ydw, nac ydw!' llefodd Miss Honey. 'Nid dyna'r rheswm o gwbl!'

'O ie, 'te!' gwaeddodd Miss Trunchbull. 'Dw i'n gallu gweld drwy eich cynllwyn bach chi, madam! A'm hateb i yw na! Mae Matilda'n aros lle y mae hi a'ch busnes chi yw gweld ei bod hi'n ymddwyn yn dda.'

'Ond Brifathrawes, plis . . .'

'Dim gair arall!' gwaeddodd Miss Trunchbull. 'A beth bynnag, mae gen i reol yn yr ysgol hon fod pob plentyn yn aros yn ei grŵp oedran ei hun, beth bynnag yw ei allu. Caton pawb, chaiff merch fach bum mlwydd oed ddim eistedd gyda'r merched a'r bechgyn hŷn yn y dosbarth uchaf. Chlywais i erioed y fâth beth!'

Safodd Miss Honey yno'n ddiymadferth o flaen y gawres hon â'r gwddf coch. Roedd llawer mwy yr hoffai fod wedi'i ddweud ond roedd hi'n gwybod nad oedd unrhyw ddiben. Meddai'n dawel. 'Popeth yn iawn, 'te. Chi sydd i benderfynu, Brifathrawes.'

'Rydych chi'n eithaf reit mai fi sydd i benderfynu!' bloeddiodd Miss Trunchbull. 'A pheidiwch ag anghofio, madam, ein bod ni'n ymdrin â chnawes fach fan hyn a roddodd fom drewi o dan fy nesg . . .'

'*Nid* hi wnaeth hynny, Brifathrawes!'

'Wrth gwrs mai hi wnaeth,' taranodd Miss Trunchbull. 'Ac fe ddwedaf i beth arall wrthoch chi. Trueni mawr nad ydw i'n cael defnyddio'r gansen a'r gwregys fel roeddwn i'n cael gwneud yn yr hen ddyddiau da! Fe fyddwn i wedi crasu pen-ôl Matilda fel na fyddai'n gallu eistedd am fis!'

Trodd Miss Honey a cherdded allan o'r stydi gan deimlo'n drist ond heb ei gorchfygu o gwbl. Dw i'n mynd i wneud rhywbeth am y plentyn hwn, meddai wrthi ei hunan. Dwn i ddim beth fydd e, ond fe ddof o hyd i ffordd i'w helpu hi yn y pen draw.

Y Rhieni

Pan ddaeth Miss Honey allan o stydi'r Brifathrawes, roedd y rhan fwyaf o'r plant allan yn y lle chwarae. Y peth cyntaf wnaeth hi oedd mynd o gwmpas at y gwahanol athrawon oedd yn dysgu'r dosbarth uchaf a benthyg nifer o lyfrau gosod ganddyn nhw, llyfrau gosod ar algebra, geometreg, Ffrangeg, Llenyddiaeth Saesneg ac ati. Wedyn chwiliodd am Matilda a'i galw i mewn i'r ystafell ddosbarth.

'Does dim pwynt,' meddai hi, 'i ti eistedd yn y dosbarth yn gwneud dim tra bydda i'n dysgu tabl dau a sut i sillafu "mat" a "ci" a "cath" i weddill y dosbarth. Ar ddiwedd y wers fe gei di ddod ata i â chwestiynau os oes unrhyw rai gyda ti ac fe geisiaf dy helpu di. Sut mae hynny'n swnio?'

'Diolch, Miss Honey,' meddai Matilda. 'Mae hynny'n swnio'n dda.'

'Dw i'n siŵr,' meddai Miss Honey, 'y byddwn ni'n gallu dy symud di i ddosbarth llawer uwch yn nes ymlaen, ond am y tro mae'r Brifathrawes eisiau i ti aros ble rwyt ti.'

'O'r gorau, Miss Honey,' meddai Matilda. 'Diolch yn fawr iawn am gael y llyfrau 'na i mi.'

Dyna blentyn dymunol yw hi, meddyliodd Miss Honey. Does dim gwahaniaeth gen i beth ddwedodd ei thad amdani, mae hi'n ymddangos yn dawel ac addfwyn iawn i mi. A ddim yn ffroenuchel o gwbl, er ei bod hi'n ddeallus. Mewn gwirionedd mae hi'n ymddangos mai prin mae hi'n ymwybodol o'r peth.

Felly pan ddaeth y dosbarth yn ôl at ei gilydd, aeth Matilda at ei desg a dechrau astudio llyfr gosod ar geometreg roedd Miss Honey wedi'i roi iddi. Cadwodd yr athrawes hanner llygad arni drwy'r amser a sylwi bod y plentyn wedi ymgolli'n llwyr yn y llyfr yn fuan iawn. Edrychodd hi ddim i fyny unwaith yn ystod y wers i gyd.

Yn y cyfamser, roedd Miss Honey'n gwneud penderfyniad arall. Roedd hi'n penderfynu y byddai hi'n mynd ei hun i gael sgwrs gyfrinachol â mam a thad Matilda cyn gynted â phosibl. Roedd hi'n gwrthod yn lân â gadael llonydd i'r mater. Roedd yr holl beth yn hurt. Allai hi ddim credu bod dim syniad o gwbl gan y rheini am ddoniau rhyfeddol eu merch. Wedi'r cyfan, roedd Mr Wormwood yn werthwr ceir llwyddiannus, felly roedd hi'n tybio ei fod e'n ddyn digon deallus ei hunan. Beth bynnag, doedd rhieni byth yn *methu* gwerthfawrogi galluoedd eu plant eu hunain. I'r gwrthwyneb. Weithiau roedd hi'n gwbl amhosibl i athro ddarbwyllo'r tad balch neu'r fam falch fod eu hannwyl epil yn hollol dwp. Roedd Miss Honey yn hyderus na fyddai hi'n cael unrhyw drafferth i ddarbwyllo Mr a Mrs Wormwood fod Matilda'n berson arbennig iawn. Y drafferth fyddai eu hatal nhw rhag mynd yn rhy frwdfrydig.

A nawr dechreuodd gobeithion Miss Honey ehangu yn fwy fyth. Dechreuodd feddwl tybed a allai ofyn am ganiatâd ei rhieni iddi hi gael rhoi gwersi preifat i Matilda ar ôl yr ysgol. Roedd meddwl am hyfforddi plentyn mor ddeallus â hyn yn apelio'n fawr at ei greddf broffesiynol fel athrawes. Ac yn sydyn dyma hi'n penderfynu y byddai hi'n mynd draw i dŷ Mr a Mrs Wormwood y noson honno. Byddai hi'n mynd yn eithaf hwyr, rhwng naw a deg o'r gloch, pan fyddai Matilda yn siŵr o fod yn y gwely.

A dyna'n union beth wnaeth hi. Ar ôl cael y cyfeiriad o gofnodion yr ysgol, dyma Miss Honey'n cerdded o'i chartref ei hun i dŷ Mr a Mrs Wormwood toc wedi naw. Daeth o hyd i'r tŷ mewn stryd ddymunol lle roedd gardd yn gwahanu pob adeilad gweddol fach oddi wrth ei gymdogion. Tŷ brics modern oedd e, tŷ oedd wedi costio ceiniog a dimai a'r enw ar y gât oedd CYSGOD Y GORLAN. Efallai y byddai Pysgod y Dorlan wedi bod yn well, meddyliodd Miss Honey. Roedd hi'n tueddu i chwarae â geiriau fel hyn. Cerddodd i fyny'r llwybr a chanu'r gloch, ac wrth iddi sefyll ac aros gallai glywed sŵn y teledu'n uchel y tu mewn.

Cafodd y drws ei agor gan ddyn bach a edrychai fel llygoden fawr gyda mwstás tenau fel llygoden fawr. Roedd yn gwisgo siaced â streipen oren a choch yn y defnydd. 'Ie?' meddai, gan syllu ar Miss Honey. 'Os mai gwerthu tocynnau raffl rydych chi, dw i ddim eisiau dim.'

'Nid dyna dw i'n ei wneud,' meddai Miss Honey. 'A maddeuwch i mi am dorri ar eich traws chi fel hyn. Athrawes Matilda yn yr ysgol ydw i ac mae'n bwysig fy mod i'n cael gair â chi a'ch gwraig.'

'Mae hi mewn trwbwl yn barod, ydy hi?' meddai Mr Wormwood, gan sefyll yn y drws. 'Wel, chi sy'n gyfrifol amdani o hyn ymlaen. Fe fydd rhaid i chi ymdopi â hi.'

'Dydy hi ddim mewn trwbwl o gwbl,' meddai Miss
Honey. 'Dw i wedi dod â newyddion da amdani.
Newyddion eithaf syfrdanol, Mr Wormwood. Tybed a
gaf i ddod i mewn am ychydig funudau a siarad â chi
am Matilda?'

'Rydyn ni wrthi'n gwylio un o'n hoff raglenni,' meddai Mr Wormwood. 'Mae hyn yn hynod anghyfleus. Pam na ddowch chi'n ôl rywbryd eto?'

Dechreuodd fwyta Honey golli ei hamynedd. 'Mr Wormwood,' meddai hi, 'os ydych chi o'r farn fod rhyw hen raglen deledu yn bwysicach na dyfodol eich merch, yna ddylech chi ddim bod yn rhiant! Pam na wnewch chi ddiffodd yr hen beth 'na a gwrando arna i!'

Cafodd Mr Wormwood ei ysgwyd gan hyn. Doedd e ddim yn gyfarwydd â chael neb yn siarad ag ef fel hyn. Syllodd yn ofalus ar y fenyw denau fregus oedd yn sefyll mor benderfynol o flaen y drws. 'O, o'r gorau 'te,' meddai'n swta. 'Dewch i mewn i ni gael gwneud a darfod ag e.' Camodd Miss Honey i mewn yn sionc.

'Dyw Mrs Wormwood ddim yn mynd i ddiolch i chi am hyn,' meddai'r dyn wrth iddo ei harwain hi i'r ystafell fyw, lle roedd menyw fawr â gwallt golau yn syllu mewn llesmair ar y sgrin deledu.

'Pwy sy 'na?' meddai'r fenyw, heb droi i edrych.

'Rhyw athrawes,' meddai Mr Wormwood. 'Mae hi'n dweud bod rhaid iddi siarad â ni am Matilda.' Croesodd at y teledu a diffodd y sain ond gadawodd y llun ar y sgrin.

'Paid â gwneud 'na, Harry!' llefodd Mrs Wormwood. 'Mae Willard ar fin gofyn i Angelica ei briodi!'

'Fe gei di ddal i wylio wrth i ni siarad,' meddai Mr Wormwood. 'Athrawes Matilda yw hon. Mae hi'n dweud bod rhyw fath o newyddion gyda hi i'w rhoi i ni.'

'Jennifer Honey yw fy enw i,' meddai Miss Honey. 'Sut ydych chi, Mrs Wormwood?'

Syllodd Mrs Wormwood yn gas arni a dweud, 'Beth sy'n bod, 'te?'

Roddodd neb wahoddiad i Miss Honey eistedd i lawr, felly dyma hi'n dewis cadair ac eistedd beth bynnag. 'Hwn,' meddai, 'oedd diwrnod cyntaf eich merch yn yr ysgol.'

'Rydyn ni'n gwybod hynny,' meddai Mrs Wormwood, yn ddiamynedd achos ei bod yn colli ei rhaglen. 'Ai dyna'r cyfan oedd gyda chi i'w ddweud wrthon ni?'

Syllodd Miss Honey yn galed i lygaid llwyd gwlyb y fenyw arall, a gadawodd i'r tawelwch hongian yn yr awyr tan i Mrs Wormwood fynd yn anghyffordus. 'Ydych chi eisiau i mi egluro pam des i?' meddai hi.

'Dwedwch, 'te,' meddai Mrs Wormwood.

'Dw i'n siŵr eich bod chi'n gwybod,' meddai Miss Honey, 'nad oes disgwyl i blant yn y dosbarth gwaelod allu darllen na sillafu na chwarae â rhifau pan ddôn nhw i'r ysgol gyntaf. Dydy plant pum mlwydd oed ddim yn gallu gwneud hynny. Ond mae Matilda yn gallu gwneud popeth. Ac os ydw i'n mynd i'w chredu hi . . .'

'Fyddwn i ddim,' meddai Mrs Wormwood. Roedd hi'n dal yn ddiamynedd achos ei bod wedi colli'r sain ar y teledu.

'Oedd hi'n dweud celwydd, felly,' meddai Miss Honey, 'pan ddwedodd hi wrtha i na ddysgodd neb iddi sut i luosi a darllen? A ddysgodd un ohonoch chi hi?'

'Dysgu iddi wneud beth?' meddai Mr Wormwood.

'Darllen. Darllen llyfrau,' meddai Miss Honey. 'Efallai y *gwnaethoch* chi ei dysgu hi. Efallai ei *bod* hi'n dweud celwydd. Efallai fod silffoedd yn llawn llyfrau gyda chi dros y tŷ i gyd. Fyddwn i ddim yn gwybod. Efallai eich bod chi'ch dau yn ddarllenwyr mawr.'

'Wrth gwrs ein bod ni'n darllen,' meddai Mr Wormwood. 'Peidiwch â bod mor ddwl. Dw i'n darllen *Autocar* a'r *Motor* o glawr i glawr bob wythnos.'

'Mae'r plentyn hwn wedi darllen nifer rhyfeddol o lyfrau'n barod,' meddai Miss Honey. 'Dim ond ceisio darganfod oeddwn i a oedd hi'n dod o deulu sy'n dwlu ar lenyddiaeth dda.'

'Dydyn ni ddim yn rhoi pwys mawr ar ddarllen llyfrau,' meddai Mr Wormwood. 'Allwch chi ddim gwneud bywoliaeth drwy eistedd ar eich pen-ôl a darllen llyfrau storïau. Does dim gyda ni yn y tŷ.'

'Dw i'n gweld,' meddai Miss Honey. 'Wel, y cyfan oedd gen i i'w ddweud wrthoch chi oedd fod gan Matilda feddwl gwych. Ond mae'n debyg eich bod chi'n gwybod hynny'n barod.'

'Wrth gwrs fy mod i'n gwybod ei bod hi'n gallu darllen,' meddai'r fam. 'Mae hi'n treulio ei bywyd lan yn ei hystafell a'i thrwyn mewn rhyw hen lyfr twp.'

'On'd ydy hi'n rhyfeddol i chi,' meddai Miss Honey, 'fod plentyn bach pum mlwydd oed yn darllen nofelau hir i oedolion gan Dickens a Hemingway? Ydy hynny ddim yn gwneud i chi neidio i fyny ac i lawr yn gyffrous?'

'Ddim yn arbennig,' meddai'r fam. 'Dw i ddim o blaid rhoi gormod o addysg i ferched. Fe ddylai merch feddwl am ei gwneud ei hunan yn ddeniadol fel y gall hi gael gŵr da yn nes ymlaen. Mae pryd a gwedd yn bwysicach na llyfrau, Miss Hunky . . .'

91

'Honey yw'r enw,' meddai Miss Honey.

'Nawr edrychwch arna *i*,' meddai Mrs Wormwood. 'Ac wedyn edrychwch arnoch *chi*. Llyfrau ddewisoch chi. Pryd a gwedd ddewisais i.'

Edrychodd Miss Honey ar y person tew salw â'r wyneb pwdin hunanfodlon a oedd yn eistedd yr ochr draw i'r ystafell. 'Beth ddwedoch chi?' gofynnodd.

'Fe ddwedais i mai llyfrau ddewisoch chi ac mai pryd a gwedd ddewisais i,' meddai Mrs Wormwood. 'A phwy sydd ar ei hennill yn y pen draw? Fi, wrth gwrs. Dw i mewn lle da fan hyn mewn tŷ braf gyda dyn busnes llwyddiannus a chithau'n lladd eich hunan yn dysgu'r ABC i griw o hen blant bach cas.'

'Eithaf reit, cariad bach,' meddai Mr Wormwood, gan gilwenu mor deimladwy ar ei wraig, nes y byddai wedi gwneud i gath chwydu.

Penderfynodd Miss Honey, os oedd hi'n mynd i lwyddo gyda'r bobl yma, y byddai'n rhaid iddi beidio â cholli ei thymer. 'Dw i ddim wedi dweud y cyfan wrthoch chi eto,' meddai hi. 'Mae Matilda, yn ôl yr hyn a welaf ar y dechrau fel hyn, hefyd yn athrylith mewn mathemateg. Mae hi'n gallu lluosi rhifau cymhleth yn ei phen fel mellten.'

'Beth yw pwynt hynny pan allwch chi brynu cyfrifiannell?' meddai Mr Wormwood.

'Dyw merch ddim yn bachu dyn drwy fod yn beniog,' meddai Mrs Wormwood. 'Edrychwch ar yr actores enwog honna, er enghraifft,' ychwanegodd, gan bwyntio at y sgrin deledu dawel, lle roedd menyw fronnog yn cael ei chusanu gan actor garw yng ngolau'r lleuad. 'Dydych chi ddim yn meddwl ei bod hi wedi'i gael e i wneud hynny drwy luosi ffigurau iddo, ydych chi? Naddo, debyg iawn. A nawr mae e'n mynd i'w phriodi hi, fe gewch chi weld nawr, ac mae hi'n mynd i fyw mewn plasty gyda bwtler a llawer o forynion.'

Prin y gallai Miss Honey gredu'r hyn roedd hi'n ei glywed. Roedd hi wedi clywed bod rhieni fel hyn i'w cael ym mhobman a bod eu plant yn y diwedd yn droseddwyr ac yn dropowts, ond roedd hi'n dal yn sioc iddi gwrdd â phâr ohonynt yn y cnawd.

'Trafferth Matilda,' meddai, gan roi cynnig arall arni, 'yw ei bod hi gymaint ar y blaen i bawb arall fel y byddai'n werth meddwl am ryw fath o wersi preifat. Dw i'n credu o ddifrif y gallai hi gael ei chodi i safon prifysgol mewn dwy neu dair blynedd, gyda'r hyfforddiant cywir.'

'Prifysgol?' gwaeddodd Mr Wormwood, gan neidio i fyny yn ei gadair. 'Pwy sydd eisiau mynd i brifysgol, er mwyn y nefoedd! Dim ond arferion drwg maen nhw'n eu dysgu fan honno!'

'Dyw hynny ddim yn wir,' meddai Miss Honey. 'Petaech chi'n cael trawiad ar y galon y funud hon ac yn gorfod galw am feddyg, fe fyddai'r meddyg hwnnw wedi graddio o'r brifysgol. Petaech chi'n cael eich erlyn am werthu car ail-law gwael i rywun, fe fyddai'n rhaid i chi gael cyfreithiwr a byddai hwnnw wedi graddio o'r brifysgol hefyd. Peidiwch â chasáu pobl glyfar, Mr Wormwood. Ond dw i'n gallu gweld nad ydyn ni'n mynd i gytuno. Dw i'n ymddiheuro am darfu arnoch chi fel hyn.' Cododd Miss Honey o'i chadair a cherdded allan o'r ystafell.

Dilynodd Mr Wormwood hi i'r drws ffrynt a dweud, 'Diolch i chi am ddod, Miss Hawkes, neu ai Miss Harris yw'r enw?'

'Dim un ohonyn nhw,' meddai Miss Honey, 'ond peidiwch â phoeni am y peth.' Ac i ffwrdd â hi.

Taflu'r Morthwyl

Y peth braf am Matilda oedd, petaet ti wedi digwydd
cwrdd â hi a siarad â hi, y byddet ti wedi meddwl ei bod
hi'n blentyn pum mlwydd oed hollol normal. Prin
roedd hi'n dangos unrhyw arwyddion allanol ei bod
hi'n ddeallus a doedd hi byth yn dangos ei hun. 'Mae
hon yn ferch fach synhwyrol a thawel,' byddet ti wedi
dweud wrthyt dy hunan. Ac oni bai dy fod ti, am ryw
reswm, wedi dechrau trafod llenyddiaeth neu fathe-
mateg â hi, fyddet ti byth wedi gwybod maint ei gallu
ymenyddol.

Felly roedd hi'n hawdd i Matilda wneud ffrindiau â
phlant eraill. Roedd pawb yn ei dosbarth yn ei hoffi.
Roedden nhw'n gwybod, wrth gwrs, ei bod hi'n 'glyfar'
achos roedden nhw wedi'i chlywed yn cael ei holi gan
Miss Honey ar ddiwrnod cyntaf y tymor. Ac roedden
nhw'n gwybod hefyd ei bod hi'n cael eistedd yn dawel
gyda llyfr yn ystod y gwersi heb roi sylw o gwbl i'r
athrawes. Ond nid yw plant eu hoedran nhw'n chwilio'n
rhy ddwfn am resymau. Maen nhw mor brysur yn
meddwl am eu brwydrau bach eu hunain i boeni
gormod am beth mae eraill yn ei wneud a pham.

Un o ffrindiau newydd Matilda oedd y ferch o'r enw
Lavender. O ddiwrnod cyntaf y tymor, dechreuodd y
ddwy ohonyn nhw gerdded o gwmpas gyda'i gilydd yn
ystod egwyl y bore ac yn yr awr ginio. Roedd Lavender
yn eithriadol o fach o'i hoedran, un fach denau gyda
llygaid brown dwfn a gwallt tywyll oedd wedi'i dorri'n

rhimyn ar draws ei thalcen. Roedd Matilda'n ei hoffi hi achos ei bod hi'n ddewr ac yn fentrus. Roedd hi'n hoffi Matilda am yr un rhesymau'n union.

Cyn i wythnos gyntaf y tymor ddod i ben, dechreuodd storïau arswydus am y Brifathrawes, Miss Trunchbull, dreiddio i lawr i'r plant newydd. Pan oedd Matilda a Lavender yn sefyll yng nghornel y buarth yn ystod egwyl y bore ar y trydydd diwrnod, dyma ferch arw ddeg oed o'r enw Hortensia, â chornwyd ar ei thrwyn, yn dod atyn nhw. 'Caridýms newydd, siŵr o fod,' meddai Hortensia wrthyn nhw, gan edrych i lawr o'i thaldra mawr. Roedd hi'n bwyta o becyn mawr iawn o greision ac yn eu palu allan fesul llond llaw. 'Croeso i borstal,' ychwanegodd, gan boeri darnau o greision allan o'i cheg fel plu eira.

Dyma'r ddwy fach yn gwylio'n ddistaw gerbron y gawres hon.

'Ydych chi wedi cwrdd â'r Trunchbull eto?' gofynnodd Hortensia.

'Rydyn ni wedi'i gweld hi yn y gwasanaeth,' meddai Lavender, 'ond dydyn ni ddim wedi cwrdd â hi.'

'Mae gwledd o'ch blaenau chi,' meddai Hortensia. 'Mae hi'n casáu plant bach iawn. Felly mae hi'n ffieiddio'r dosbarth gwaelod a phawb sydd ynddo. Mae hi'n meddwl mai cynrhon heb ddeor yw plant pum mlwydd oed.' Aeth llond dwrn arall o greision i'w cheg a phan siaradodd eto, dyma'r briwsion yn tasgu allan. 'Os ydych chi'n dod drwy'r flwyddyn gyntaf efallai y llwyddwch chi i fyw drwy weddill eich amser yma. Ond does dim llawer yn dod drwyddi. Maen nhw'n cael eu cario allan ar stretsieri dan sgrechian. Dw i wedi'i weld

e'n digwydd yn aml.' Oedodd Hortensia i weld pa effaith roedd y sylwadau hyn yn ei chael ar y ddwy bitw fach. Ddim llawer iawn. Roedden nhw'n ymddangos yn ddigon digyffro. Felly penderfynodd yr un fawr eu diddanu â rhagor o wybodaeth.

'Mae'n debyg eich bod chi'n gwybod bod gan y Trunchbull gwpwrdd cloi o'r enw Y Tagwr yn ei hysta-felloedd preifat? Ydych chi wedi clywed am Y Tagwr?'

Ysgydwodd Matilda a Lavender eu pennau a pharhau i syllu ar y gawres. Gan eu bod nhw'n fach iawn, roedden nhw'n dueddol o amau unrhyw greadur oedd yn fwy na nhw, yn enwedig merched hŷn.

Aeth Hortensia yn ei blaen, 'Cwpwrdd tal iawn ond cul iawn yw'r Tagwr. Dim ond deg modfedd sgwâr yw'r llawr, felly allwch chi ddim eistedd na mynd yn eich cwrcwd ynddo. Mae'n rhaid i chi sefyll. Ac mae tair o'r waliau wedi'u gwneud o sment gyda darnau o wydr wedi'u torri yn sticio allan drostyn nhw, felly allwch chi ddim pwyso yn eu herbyn nhw. Mae'n rhaid i chi sefyll yn syth fwy neu lai drwy'r amser pan gewch chi eich cloi i fyny ynddo fe. Mae'n ofnadwy.'

'Alli di ddim pwyso yn erbyn y drws?' gofynnodd Matilda.

'Paid â bod yn dwp,' meddai Hortensia. 'Mae miloedd o hoelion pigog miniog yn sticio allan o'r drws. Maen nhw wedi cael eu morthwylio drwyddo o'r tu allan, fwy na thebyg gan y Trunchbull ei hunan.'

'Wyt ti wedi bod ynddo fe erioed?' gofynnodd Lavender.

'Yn fy nhymor cyntaf fe fues i ynddo fe chwe gwaith,' meddai Hortensia. 'Dwywaith am ddiwrnod cyfan a'r troeon eraill am ddwy awr yr un. Ond mae dwy awr yn hen ddigon. Mae'n dywyll fel bol buwch ac mae'n rhaid i chi sefyll yn hollol syth ac os ydych chi'n ysgwyd o gwbl rydych chi'n cael eich pigo naill ai gan y gwydr ar y waliau neu'r hoelion ar y drws.

'Pam gest ti dy roi yno?' gofynnodd Matilda. 'Beth oeddet ti wedi'i wneud?'

'Y tro cyntaf,' meddai Hortensia, 'fe arllwysais i hanner tun o syrup ar sedd y gadair roedd y Trunchbull yn mynd i eistedd arni adeg y gwasanaeth. Roedd e'n wych. Pan eisteddodd hi ar y gadair, roedd sŵn slwtsio tebyg i'r sŵn mae hipo yn ei wneud wrth roi ei droed yn y mwd ar lannau afon Limpopo. Ond rydych chi'n rhy fach ac yn rhy dwp i fod wedi darllen *Just So Stories*, on'd ydych chi?'

'Dw i wedi'u darllen nhw,' meddai Matilda.

'Celwyddgi wyt ti,' meddai Hortensia'n gyfeillgar. 'Dwyt ti ddim hyd yn oed yn gallu darllen eto. Ond dim ots. Felly pan eisteddodd y Trunchbull i lawr ar y syrup, roedd y sŵn slwtsio'n hyfryd. A phan gododd hi eto, dyma'r gadair yn mynd yn sownd wrth ben-ôl y trowsus gwyrdd erchyll yna mae hi'n ei wisgo ac yn codi gyda hi am rai eiliadau tan i'r syrup trwchus ddod yn rhydd yn araf. Wedyn dyma hi'n rhoi ei dwylo ar ben-ôl ei throwsus ac aeth y syrup dros ei dwylo i gyd. Fe ddylech chi fod wedi'i chlywed hi'n bloeddio.'

'Ond sut roedd hi'n gwybod mai ti wnaeth?' gofynnodd Lavender.

'Dyma hen sinach bach o'r enw Ollie Bogwhistle yn clepian amdana i,' meddai Hortensia. 'Fe fwriais i ei ddannedd blaen e allan.'

'Ac fe roddodd y Trunchbull ti yn Y Tagwr am ddiwrnod cyfan?' gofynnodd Matilda, a llyncu.

'Drwy'r dydd gwyn,' meddai Hortensia. 'Roeddwn i'n hollol ddwl pan ollyngodd hi fi allan. Roeddwn i'n siarad dwli.'

'Beth oedd y pethau eraill wnest ti fel dy fod yn cael dy roi yn Y Tagwr?' gofynnodd Lavender.

'O, alla i ddim cofio'r cyfan nawr,' meddai Hortensia. Roedd hi'n siarad fel hen ryfelwr sydd wedi bod mewn cymaint o frwydrau fel bod dewrder yn rhywbeth cyffredin. 'Mae'r cyfan mor bell yn ôl,' ychwanegodd, gan stwffio rhagor o greision yn ei cheg. 'O, ydw, dw i'n gallu cofio un. Dyma beth ddigwyddodd. Fe ddewisais i adeg pan oeddwn i'n gwybod y byddai'r Trunchbull allan o'r ffordd yn dysgu'r chweched dosbarth, a chodais fy llaw a gofyn am fynd i'r tŷ bach. Ond yn lle mynd

yno, fe sleifiais i i ystafell y Trunchbull. Ac ar ôl chwilio'n gyflym dyma fi'n dod o hyd i'r drôr lle roedd hi'n cadw ei nicers gymnasteg.'

'Dwed fwy,' medd Matilda, wedi'i chyfareddu. 'Beth ddigwyddodd wedyn?'

'Roeddwn i wedi anfon drwy'r post, rwyt ti'n gweld, am y powdr cosi pwerus iawn yma,' meddai Hortensia. 'Fe gostiodd hanner can ceiniog y pecyn a'i enw oedd Y Deifiwr Croen. Roedd y label yn dweud ei fod wedi'i wneud o ddannedd nadredd wedi'u troi'n bowdr, a'i fod yn siŵr o godi lympiau maint cnau Ffrengig ar eich croen. Felly dyma fi'n ysgeintio'r powdr yma y tu mewn i bob pâr o nicers yn y drôr ac yna dyma fi'n eu plygu nhw eto'n ofalus.' Oedodd Hortensia i wasgu rhagor o greision yn ei cheg.

'Weithiodd e?' gofynnodd Lavender.

'Wel,' meddai Hortensia, 'ychydig ddyddiau'n ddiweddarach, yn ystod y gwasanaeth, fe ddechreuodd y Trunchbull ei chrafu ei hun fel yr andros o gwmpas ei phen-ôl. A-ha, meddwn i wrthyf fy hunan. Dyma ni.

101

Mae hi wedi newid i wneud gymnasteg yn barod. Roedd bod yno'n gwylio'r cyfan yn deimlad pwerus iawn a minnau'n gwybod mai fi oedd yr unig berson yn yr ysgol gyfan oedd yn sylweddoli'n union beth oedd yn digwydd y tu mewn i nicers y Trunchbull. Ac roeddwn i'n teimlo'n ddiogel hefyd. Gwyddwn na allwn i gael fy nala. Wedyn aeth y crafu'n waeth. Roedd hi'n methu stopio. Rhaid ei bod hi wedi meddwl bod nyth cacwn gyda hi i lawr 'na. Ac yna, reit yng nghanol Gweddi'r Arglwydd, dyma hi'n neidio i fyny a chydio yn ei phen-ôl a rhuthro allan o'r ystafell.'

Roedd Matilda a Lavender wedi'u swyno. Roedd hi'n hollol amlwg iddyn nhw eu bod nhw'n sefyll yng ngŵydd meistr yr eiliad honno. Dyma rywun a oedd wedi perffeithio'r grefft o wneud drygioni i'r eithaf, rhywun oedd hefyd yn barod i fentro'i bywyd i ddilyn ei galwedigaeth. Syllent mewn rhyfeddod ar y dduwies hon, ac yn sydyn nid nam oedd y cornwyd ar ei thrwyn ond bathodyn dewrder.

'Ond sut *lwyddodd* hi i'th ddal di'r tro hwnnw?' gofynnodd Lavender, a'i gwynt yn ei dwrn gan ryfeddod.

'Wnaeth hi ddim,' meddai Hortensia. 'Ond fe ges i ddiwrnod yn Y Tagwr yr un fath.'

'Pam?' gofynnodd y ddwy.

'Mae gan y Trunchbull,' meddai Hortensia, 'arfer gas o ddyfalu. Pan nad yw hi'n gwybod pwy yw'r drwg yn y caws, mae hi'n dyfalu, a'r drafferth yw ei bod hi'n aml yn gywir. Fi roedd hi'n ei drwgdybio fwyaf y tro hwn oherwydd y jobyn gyda'r syrup, ac er 'mod i'n gwybod nad oedd prawf ganddi, doedd dim yn tycio.

Roeddwn i'n gweiddi a gweiddi, "Sut gallwn i fod wedi'i wneud e, Miss Trunchbull? Doeddwn i ddim hyd yn oed yn gwybod eich bod chi'n cadw nicers sbâr yn yr ysgol! Dw i ddim yn gwybod beth yw powdr cosi hyd yn oed! Dw i erioed wedi clywed am y peth!" Ond doedd y celwyddau'n helpu dim er gwaetha'r perfform-iad gwych roddais i. Y cyfan wnaeth y Trunchbull oedd cydio ynof i gerfydd un glust a rhuthro draw i'r Tagwr nerth ei thraed, fy nhaflu i mewn a chloi'r drws. Dyna fy ail ddiwrnod cyfan yno. Artaith pur. Roeddwn i wedi fy mhigo a'm torri i gyd pan ddes i allan.'

'Mae e fel rhyfel,' meddai Matilda, yn llawn parch-edig ofn.

'Rwyt ti'n hollol iawn ei fod e fel rhyfel,' gwaeddodd Hortensia. 'Ac mae'r colledion yn ofnadwy. *Ni* yw'r croesgadwyr, y fyddin ddewr sy'n ymladd am ein bywydau heb unrhyw arfau o gwbl bron, a'r Trunchbull yw Tywysog y Tywyllwch, y Sarff Ffiaidd, y Ddraig Danllyd â'r holl arfau ar gael iddi. Caled yw hi. Mae'n rhaid i ni i gyd geisio cefnogi ein gilydd.'

'Fe alli di ddibynnu arnon ni,' meddai Lavender, gan wneud i'w thaldra o dair troedfedd a dwy fodfedd ymestyn cyn daled ag y gallai.

'Na, alla i ddim,' meddai Hortensia. 'Dim ond hen rai bach ydych chi. Ond dwyt ti byth yn gwybod. Efallai y down ni o hyd i ddefnydd i chi ryw ddiwrnod mewn rhyw jobyn cudd.'

'Dwed ychydig bach yn rhagor wrthon ni am y pethau mae hi'n eu gwneud,' meddai Matilda, 'os gweli di'n dda.'

'Rhaid i mi beidio codi ofn arnoch chi cyn i chi fod yma am wythnos,' meddai Hortensia.

'Wnei di ddim,' meddai Lavender. 'Efallai ein bod ni'n fach ond rydyn ni'n eithaf caled.'

'Gwrandewch ar hyn 'te,' meddai Hortensia. 'Ddoe ddiwethaf fe ddaliodd y Trunchbull fachgen o'r enw Julius Rottwinkle yn bwyta Liquorice Allsorts yn ystod y wers ysgrythur a dyma hi'n ei godi ag un fraich a'i daflu drwy ffenest agored yr ystafell ddosbarth. Mae ein hystafell ni un llawr i fyny ac fe welon ni Julius Rottwinkle yn hwylio dros yr ardd fel ffrisbi ac yn glanio'n drwm yng nghanol y letys. Wedyn dyma'r Trunchbull yn troi aton ni ac yn dweud, "O hyn allan, mae unrhyw un sy'n cael ei ddal yn bwyta yn y dosbarth yn mynd yn syth allan drwy'r ffenest."'

'A dorrodd y Julius Rottwinkle yma unrhyw esgyrn?' gofynnodd Lavender.

'Dim ond un neu ddau,' meddai Hortensia. 'Mae'n rhaid i chi gofio i'r Trunchbull daflu'r morthwyl dros Brydain yn y gêmau Olympaidd un tro, felly mae hi'n falch iawn o'i braich dde.'

'Beth yw taflu'r morthwyl?' gofynnodd Lavender.

'A dweud y gwir,' meddai Hortensia, 'pêl fagnel enfawr ar ben darn hir o weiren yw'r morthwyl, ac mae'r taflwr yn ei chwyrlïo o gwmpas ei ben neu'i phen yn gynt ac yn gynt ac yna'n ei ollwng. Mae'n rhaid i chi fod yn rhyfeddol o gryf. Mae'r Trunchbull yn barod i daflu unrhyw beth o gwmpas i gadw ei braich yn gryf, yn enwedig plant.'

'Nefoedd wen,' meddai Lavender.

'Fe'i clywais hi'n dweud unwaith,' aeth Hortensia yn ei blaen, 'fod bachgen mawr tua'r un pwysau â morthwyl Olympaidd ac felly mae e'n ddefnyddiol iawn i ymarfer ag e.'

Ar hynny digwyddodd rhywbeth rhyfedd. Dyma'r buarth, a oedd wedi bod yn llawn sgrechiadau a gweiddi plant yn chwarae tan hynny, yn mynd yn dawel fel y bedd ar unwaith. 'Gwyliwch,' sibrydodd Hortensia. Edrychodd Matilda a Lavender o gwmpas yn sydyn a gweld ffurf anferthol Miss Trunchbull yn dod yn nes drwy'r dyrfa o fechgyn a merched gan gamu'n fygythiol. Symudodd y plant yn ôl yn gyflym i adael iddi fynd heibio ac roedd y ffordd roedd hi'n symud ar draws y concrit yn union fel Moses yn mynd drwy'r Môr Coch pan agorodd y dyfroedd. Roedd hi'n dipyn o olygfa hefyd, yn y smoc a'r gwregys amdani a'r trowsus pen-glin gwyrdd. O dan ei phengliniau roedd cyhyrau croth ei choes yn sefyll allan fel grawnffrwyth yn ei sanau. 'Amanda Thripp!' gwaeddai. 'Ti, Amanda Thripp, dere 'ma!'

'Daliwch eich gafael,' sibrydodd Hortensia.

'Beth sy'n mynd i ddigwydd?' sibrydodd Lavender 'nôl.

'Mae Amanda, y dwpsen,' meddai Hortensia, 'wedi gadael i'w gwallt hir dyfu hyd yn oed yn fwy yn ystod y gwyliau ac mae ei mam wedi'i blethu'n ddwy blethen. Peth dwl i'w wneud.'

'Pam mae hynny'n ddwl?' gofynnodd Matilda.

'Os oes un peth sy'n dân ar groen y Trunchbull, plethau yw'r rheini,' meddai Hortensia.

Gwelodd Matilda a Lavender y gawres mewn trowsus
pen-glin gwyrdd yn nesáu at ferch tua deg oed oedd â
phâr o blethau aur yn hongian dros ei hysgwyddau.
Roedd rhubanau glas ar ben pob plethen ac roedd y
cyfan yn edrych yn bert iawn. Safai Amanda Thripp, y
ferch â'r plethau, yn stond, gan wylio'r gawres yn dod
yn nes, ac roedd yr olwg ar ei hwyneb yn debyg i'r un
fyddai ar wyneb person sy'n sownd mewn cae bach
gyda tharw cynddeiriog yn rhuthro nerth ei garnau

tuag ato. Roedd y ferch wedi'i hoelio i'r fan, yn llawn arswyd, a'i llygaid yn fawr, yn crynu, gan wybod i sicrwydd fod Dydd y Farn wedi dod iddi hi o'r diwedd.

Erbyn hyn roedd Miss Trunchbull wedi cyrraedd y ferch druan ac yn sefyll uwch ei phen. 'Dw i eisiau'r plethau brwnt 'na wedi'u torri cyn i ti ddod 'nôl i'r ysgol yfory!' cyfarthodd. 'Torra nhw a thafla nhw i'r bin sbwriel, wyt ti'n deall?'

Er ei bod wedi'i pharlysu gan ofn, llwyddodd Amanda i ddweud, 'Mae M-M-Mam yn eu hoffi nhw. Mae hi'n eu p-p-plethu nhw i mi bob bore.'

'Dyw dy fam ddim yn gall!' taranodd y Trunchbull. Pwyntiodd fys maint salami at ben y plentyn a gweiddi, 'Rwyt ti'n edrych fel llygoden fawr a chynffon yn dod allan o'i phen!'

'Mae M-M-Mam yn meddwl 'mod i'n edrych yn hyfryd, Miss T-T-Trunchbull,' meddai Amanda, gan ysgwyd fel jeli.

'Waeth gen i beth mae dy fam yn ei feddwl!' gwaeddodd y Trunchbull, ac ar hynny dyma hi'n pwyso ymlaen yn sydyn a dal plethau Amanda yn nwrn ei llaw dde a chodi'r ferch oddi ar y llawr yn grwn. Wedyn dechreuodd ei chwyrlïo o gwmpas ei phen, yn gynt ac yn gynt, ac roedd Amanda yn sgrechian yn uchel a'r Trunchbull yn gweiddi, 'Fe gei di blethau, y llygoden fach â ti!'

'Mae'n edrych fel y gêmau Olympaidd,' meddai Hortensia o dan ei hanadl. 'Mae hi'n codi sbid nawr yn union fel bydd hi gyda'r morthwyl. Fe fentra i ei bod hi'n mynd i'w thaflu hi.'

A nawr roedd y Trunchbull yn pwyso'n ôl yn erbyn pwysau'r ferch oedd yn chwyrlïo, ac yn troi'n fedrus ar flaenau ei thraed, gan droelli o hyd, a chyn hir roedd Amanda Thripp yn teithio mor gyflym fel ei bod hi'n anodd ei gweld hi'n iawn, ac yn sydyn, gan rochian yn uchel, dyma'r Trunchbull yn gollwng y plethau a dyma Amanda'n hwylio fel roced yn syth dros ffens wifrau'r buarth a fry i'r awyr.

'Tafliad da, syr!' gwaeddodd rhywun o ben arall y buarth, a dyma Matilda, a oedd wedi'i syfrdanu gan yr holl beth gwallgof, yn gweld Amanda Thripp yn dod i lawr yn araf a gosgeiddig i'r cae chwarae y tu hwnt. Glaniodd ar y gwair a bownsio dair gwaith cyn stopio'n stond yn y diwedd. Yna, yn rhyfeddol, cododd ar ei heistedd. Roedd hi'n edrych wedi'i synnu braidd a phwy allai ei beio hi, ond ar ôl munud neu ddwy roedd hi ar ei thraed unwaith eto ac yn cerdded yn simsan tuag at y buarth.

Roedd y Trunchbull yn sefyll yn y buarth yn sychu ei dwylo yn ei gilydd. 'Ddim yn ddrwg,' meddai hi, 'o ystyried nad ydw i'n hyfforddi o ddifrif ar hyn o bryd. Ddim yn ddrwg o gwbl.' Wedyn cerddodd i ffwrdd.

'Dyw hi ddim yn llawn llathen,' meddai Hortensia.

'Ond ydy'r rhieni ddim yn cwyno?' gofynnodd Matilda.

'Fyddai dy rieni di'n gwneud?' gofynnodd Hortensia. 'Dw i'n gwybod na fyddai fy rhai i. Mae hi'n trin y mamau a'r tadau'n union yr un fath â'r plant ac mae ei hofn hi arnyn nhw i gyd. Fe welaf i chi eto, chi'ch dwy.' Ac ar hynny dyma hi'n cerdded i ffwrdd ling-di-long.

Bruce Bogtrotter a'r Deisen

'Sut nad yw hi'n cael ei *chosbi* am hyn?' meddai Lavender wrth Matilda. 'Mae'n rhaid bod y plant yn mynd adref ac yn dweud wrth eu tadau a'u mamau. Dw i'n gwybod y byddai fy nhad yn creu helynt a hanner petawn i'n dweud wrtho fod y Brifathrawes wedi cydio ynof gerfydd fy ngwallt a'm taflu dros ffens y buarth.'

'Na fyddai,' meddai Matilda, 'ac fe ddweda i pam wrthot ti. Fyddai e ddim yn dy gredu di.'

'Wrth gwrs y byddai e.'

'Fyddai e ddim,' meddai Matilda. 'Ac mae'r rheswm yn amlwg. Fe fyddai dy stori'n swnio'n rhy wirion i gael ei chredu. A dyna gyfrinach fawr y Trunchbull.'

'Beth yw honno?' gofynnodd Lavender.

Meddai Matilda, 'Paid byth â hanner gwneud rhywbeth os wyt ti eisiau osgoi cael dy gosbi. Rhaid mynd dros ben llestri. Mynd yr holl ffordd. Gwna'n siŵr fod popeth rwyt ti'n ei wneud mor wirion, fel nad oes dim modd ei gredu e. Does dim un rhiant yn mynd i gredu stori'r plethau, byth bythoedd. Fyddai fy rhieni i ddim. Fe fydden nhw'n fy ngalw i'n gelwyddgi.'

'Os felly,' meddai Lavender, 'fydd mam Amanda ddim yn torri ei phlethau hi.'

'Na fydd,' meddai Matilda. 'Fe wnaiff Amanda hynny ei hunan. Fe gei di weld.'

'Wyt ti'n meddwl ei bod hi'n wallgof?' gofynnodd Lavender.

'Pwy?'

'Y Trunchbull.'

'Nac ydw, dw i ddim yn meddwl ei bod hi'n wallgof,' meddai Matilda. 'Ond mae hi'n beryglus iawn. Mae bod yn yr ysgol hon yn debyg i fod mewn caets gyda chobra. Mae'n rhaid i ti fod yn chwimwth iawn.'

Drannoeth cawson nhw enghraifft arall oedd yn dangos pa mor beryglus y gallai'r Brifathrawes fod. Yn ystod amser cinio daeth cyhoeddiad y dylai'r ysgol gyfan fynd draw i'r Neuadd i eistedd yn syth ar ôl cinio.

Pan oedd y ddau gant a hanner o blant a merched i gyd wedi eistedd i lawr yn y Neuadd, dyma'r Trunchbull yn martsio ar y llwyfan. Ddaeth dim un o'r athrawon eraill gyda hi. Roedd ganddi chwip yn ei llaw dde. Dyna lle roedd hi'n sefyll yng nghanol y llwyfan yn ei throwsus pen-glin a'i choesau ar led a'r chwip yn ei llaw, yn rhythu ar y môr o wynebau oedd yn edrych i fyny arni.

'Beth sy'n mynd i ddigwydd?' sibrydodd Lavender.

'Dw i ddim yn gwybod,' sibrydodd Matilda 'nôl.

Arhosodd yr ysgol gyfan am yr hyn fyddai'n digwydd nesaf.

'Bruce Bogtrotter!' cyfarthodd y Trunchbull yn sydyn. 'Ble mae Bruce Bogtrotter?'

Saethodd llaw i fyny o ganol y plant.

'Dere i fyny fan hyn!' gwaeddodd y Trunchbull. 'A brysia!'

Dyma fachgen un ar ddeg oed, tipyn o globyn, yn sefyll ac yn cerdded yn gyflym fel hwyaden tua'r blaen. Dringodd i fyny i'r llwyfan.

'Saf draw fan 'na!' gorchmynnodd y Trunchbull, gan bwyntio. Safodd y bachgen i'r naill ochr. Roedd yn edrych yn nerfus. Roedd yn gwybod yn iawn nad oedd ar y llwyfan i dderbyn gwobr. Roedd yn gwylio'r

Brifathrawes â llygad barcut ac roedd e'n symud draw oddi wrthi fesul tipyn drwy symud ei draed yn fân ac yn fuan, fel y byddai llygoden fawr yn symud draw oddi wrth ddaeargi sy'n ei gwylio o ben draw'r ystafell. Roedd ei wyneb tew llac wedi troi'n llwyd wrth iddo boeni am beth oedd yn mynd i ddigwydd. Roedd ei sanau am ei figyrnau.

'Dyw'r *ewach* hwn,' bloeddiodd y Brifathrawes, gan bwyntio'r chwip ato fel cleddyf, 'dyw'r *gwalch* hwn, y *bwbach*, y *snichyn* dan din a welwch chi o'ch blaen chi yn ddim llai na throseddwr ffiaidd, un o fyd y lladron, aelod o'r Maffia!'

'Pwy, fi?' meddai Bruce Bogtrotter, gan edrych wedi drysu go iawn.

'Lleidr!' sgrechiodd y Trunchbull. 'Dihiryn! Môr-leidr! Gwylliad! Ysbeiliwr!'

'Gan bwyll,' meddai'r bachgen. 'Hynny yw, go draps las, Brifathrawes.'

'Felly rwyt ti'n gwadu'r peth, y cythraul bach diflas? Wyt ti'n pledio'n ddieuog?'

'Dwn i ddim am beth rydych chi'n sôn,' meddai'r bachgen, wedi drysu'n fwy nag erioed.

'Fe ddweda i wrthot ti am beth rydw i'n sôn, y sgrafil bach!' gwaeddodd y Trunchbull. 'Bore ddoe, yn ystod amser chwarae, fe sleifiest ti fel sarff i'r gegin a dwyn darn o'm teisen siocled breifat i oddi ar yr hambwrdd te! Roedd yr hambwrdd yna newydd gael ei baratoi ar fy nghyfer yn bersonol gan y gogyddes! Rhywbeth bach i mi ei fwyta ganol y bore oedd e! A'r deisen, roedd hi'n dod o'm stoc bersonol i! Nid teisen i fachgen

oedd hi! Dwyt ti ddim yn meddwl am funud fy mod i'n
mynd i fwyta'r budreddi dw i'n eu rhoi i chi? Roedd y
deisen honna wedi'i gwneud o fenyn go iawn a hufen
go iawn! A fe, yr ysbeiliwr, y dihiryn, y lleidr pen-ffordd
sy'n sefyll draw fan 'na a'i sanau am ei figyrnau oedd yr
un a'i dygodd hi a'i bwyta hi!'

'Wnes i ddim,' ebychodd y bachgen, gan droi o lwyd
i wyn.

'Paid â dweud celwydd wrtha i, Bogtrotter!' cyfarthodd
y Trunchbull. 'Fe welodd y gogyddes di! A hefyd, fe
welodd hi di'n ei bwyta hi!'

Oedodd y Trunchbull i sychu darn o ewyn o'i gwefusau.

Pan siaradodd hi eto roedd ei llais yn sydyn yn feddalach, yn dawelach, yn fwy cyfeillgar, a dyma hi'n pwyso tuag at y bachgen, gan wenu. 'Rwyt ti'n hoffi fy nghacen siocled arbennig, on'd wyt ti, Bogtrotter? Mae hi'n gyfoethog ac yn flasus tu hwnt, on'd yw hi, Bogtrotter?'

'Blasus iawn,' meddai'r bachgen dan ei wynt. Roedd y geiriau wedi dod allan cyn iddo allu ei rwystro ei hun.

'Rwyt ti'n iawn,' meddai'r Trunchbull. 'Mae hi *yn* flasus iawn. Felly dw i'n credu y dylet ti longyfarch y gogyddes. Pan fydd gŵr bonheddig wedi cael pryd o fwyd arbennig o dda, Bogtrotter, fe fydd bob amser yn anfon ei ganmoliaeth i'r cogydd. Doeddet ti ddim yn gwybod hynny, nac oeddet ti, Bogtrotter? Ond dyw'r rhai sy'n perthyn i fyd y lladron ddim yn nodedig am eu hymddygiad da.'

Ddwedodd y bachgen ddim gair.

'Gogyddes!' gwaeddodd y Trunchbull, gan droi ei phen tuag at y drws. 'Dewch yma, gogyddes! Mae Bogtrotter eisiau dweud wrthoch chi pa mor dda yw eich teisen siocled chi!'

Dyma'r gogyddes, menyw dal grebachlyd oedd yn edrych fel petai sudd ei chorff i gyd wedi'i sychu flynyddoedd yn ôl mewn ffwrn boeth, yn cerdded i'r llwyfan yn gwisgo ffedog wen fudr. Roedd y Brifathrawes yn amlwg wedi trefnu ymlaen llaw iddi ddod i mewn.

'Nawr 'te, Bogtrotter,' taranodd y Trunchbull. 'Dwed wrth y gogyddes beth yw dy farn am ei theisen siocled hi.'

'Blasus iawn,' meddai'r bachgen o dan ei anadl. Gallech chi weld ei fod nawr yn dechrau meddwl tybed at beth roedd hyn i gyd yn arwain. Yr unig beth a wyddai i sicrwydd oedd fod y gyfraith yn gwahardd y Trunchbull rhag ei daro â'r chwip roedd hi'n ei bwrw yn erbyn ei chlun o hyd ac o hyd. Roedd hynny'n rhyw gysur, ond ddim llawer gan ei bod hi'n amhosibl rhag-weld beth fyddai'r Trunchbull yn ei wneud nesaf.

'Dyna ni, gogyddes,' gwaeddodd y Trunchbull. 'Mae Bogtrotter yn hoffi eich teisen chi. Mae e'n dwlu ar eich teisen chi. Oes gennych chi deisen arall y gallech chi ei rhoi iddo fe?'

'Oes yn wir,' meddai'r gogyddes. Roedd hi'n ymddangos fel petai wedi dysgu ei llinellau ar ei chof.

'Felly ewch i'w nôl hi. A dewch â chyllell i'w thorri hi.'

Diflannodd y gogyddes. Bron ar unwaith roedd hi'n ôl eto, yn gwegian o dan bwysau teisen siocled gron anferthol ar blât tsieni. Roedd diamedr y deisen yn un deg wyth modfedd ac roedd eisin siocled brown tywyll drosti i gyd. 'Rhowch hi ar y bwrdd,' meddai'r Trunchbull.

Roedd bwrdd bach ar ganol y llwyfan a chadair wrth ei ymyl. Gosododd y gogyddes y deisen yn ofalus ar y bwrdd. 'Eistedd, Bogtrotter,' meddai'r Trunchbull. 'Eistedd fan 'na.'

Symudodd y bachgen yn ofalus at y bwrdd ac eistedd. Syllodd ar y deisen anferthol.

'Dyma ti, Bogtrotter,' meddai'r Trunchbull, ac unwaith eto aeth ei llais yn feddal, yn llawn perswâd, yn dyner hyd yn oed. 'I ti mae hon i gyd, pob darn ohoni. Gan i ti fwynhau'r darn gest ti ddoe gymaint, fe roddais orchymyn i'r gogyddes goginio un arbennig o fawr, dim ond i ti.'

'Wel, diolch,' meddai'r bachgen, yn hollol syfrdan.

'Diolcha i'r gogyddes, nid i mi,' meddai'r Trunchbull.

'Diolch, gogyddes,' meddai'r bachgen.

Safai'r gogyddes yno fel carrai esgidiau crebachlyd, ei gwefusau ar gau, yn ddiserch ac yn gwgu. Roedd hi'n edrych fel petai ei cheg yn llawn sudd lemwn.

'Dere 'te,' meddai'r Trunchbull. 'Pam na wnei di dorri darn trwchus braf i ti dy hunan a phrofi'r deisen?'

'Beth? Nawr?' meddai'r bachgen, yn ofalus. Roedd yn gwybod bod rhyw ddrwg yn y caws yn rhywle, ond doedd e ddim yn gwybod ble. 'Chaf i ddim mynd â hi adre yn lle hynny?' gofynnodd.

'Fe fyddai hynny'n anghwrtais,' meddai'r Trunchbull, a gwenu'n gyfrwys. 'Rhaid i ti ddangos i'r gogyddes fan hyn pa mor ddiolchgar wyt ti am yr holl drafferth mae hi wedi mynd iddo.'

Symudodd y bachgen ddim.

'Dere nawr, dere,' meddai'r Trunchbull. 'Torra
ddarn a phrofi'r deisen. Dydyn ni ddim eisiau bod 'ma
drwy'r dydd.'

Cododd y bachgen y gyllell ac roedd ar fin ei rhoi yn
y deisen pan arhosodd. Syllodd ar y deisen. Wedyn
syllodd ar y Trunchbull, wedyn ar y gogyddes dal denau
a'i cheg sudd lemwn. Roedd yr holl blant yn y Neuadd
yn gwylio'n ddwys, yn disgwyl i rywbeth ddigwydd.
Roedden nhw'n teimlo'n sicr bod rhaid i rywbeth
ddigwydd. Doedd y Trunchbull ddim yn berson a
fyddai'n rhoi teisen siocled gyfan i rywun fel cymwynas.
Roedd llawer yn dyfalu ei bod hi wedi cael ei llenwi â
phupur neu gastor-oel neu rywbeth arall sy'n blasu'n

120

ffiaidd a fyddai'n gwneud i'r bachgen fod yn sâl iawn. Gallai fod yn arsenig hyd yn oed a byddai'n farw mewn cwta ddeg eiliad. Neu efallai fod bom yn y deisen ac y byddai'r cyfan yn ffrwydro'r eiliad y byddai'n cael ei thorri, gan fynd â Bruce Bogtrotter gyda hi. Fyddai neb yn yr ysgol yn synnu petai'r Trunchbull yn gwneud unrhyw un o'r pethau hyn.

'Dw i ddim eisiau ei bwyta hi,' meddai'r bachgen.

'Profa hi, y gwalch bach,' meddai'r Trunchbull. 'Rwyt ti'n sarhau'r gogyddes.'

Yn ofalus iawn dyma'r bachgen yn dechrau torri darn tenau o'r gacen fawr. Yna cododd y darn allan. Wedyn rhoddodd y gyllell i lawr a chymryd y peth gludiog yn ei fysedd a dechrau ei fwyta'n ofalus.

'Mae hi'n flasus, on'd yw hi?' gofynnodd y Trunchbull.

'Blasus iawn,' meddai'r bachgen, gan gnoi a llyncu. Bwytaodd y darn i gyd.

'Cymer ddarn arall,' meddai'r Trunchbull.

'Dyna ddigon, diolch,' meddai'r bachgen o dan ei anadl.

'Fe ddwedais wrthot ti am gymryd darn arall,' meddai'r Trunchbull, a nawr roedd ei llais yn llawer mwy miniog. 'Bwyta ddarn arall! Gwna fel dw i'n dweud!'

'Dw i ddim eisiau darn arall,' meddai'r bachgen.

Yn sydyn dyma'r Trunchbull yn ffrwydro. 'Bwyta!' gwaeddodd, gan daro ei chlun â'r chwip. 'Os dw i'n dweud wrthot ti am fwyta, fe fyddi di'n bwyta! Ti oedd eisiau teisen! Ti ddygodd y deisen! A nawr mae gen ti deisen! Ac felly, rwyt ti'n mynd i'w bwyta hi! Dwyt ti ddim yn gadael y llwyfan hwn a does neb yn gadael y neuadd hon tan i ti fwyta'r deisen gyfan sydd yno o dy flaen di! Ydy hynny'n hollol eglur, Bogtrotter? Wyt ti'n fy neall i?'

Edrychodd y bachgen ar y Trunchbull. Wedyn edrychodd i lawr ar y deisen enfawr.

'Bwyta! Bwyta! Bwyta!' roedd y Trunchbull yn gweiddi.

Yn araf iawn torrodd y bachgen ddarn arall iddo'i hunan a dechrau ei fwyta.

Roedd Matilda wedi rhyfeddu. 'Wyt ti'n meddwl y llwyddith e?' sibrydodd wrth Lavender.

'Nac ydw,' sibrydodd Lavender 'nôl. 'Mae'n amhosib. Fe fyddai e'n sâl cyn iddo fwyta ei hanner hi.'

Daliodd y bachgen ati. Pan oedd e wedi gorffen yr ail ddarn, edrychodd ar y Trunchbull, ac oedi.

'Bwyta!' gwaeddodd. 'Rhaid i ladron bach barus sy'n hoffi teisen gael teisen! Bwyta'n gynt, fachgen! Bwyta'n gynt! Dydyn ni ddim eisiau bod yma drwy'r dydd! A phaid ag oedi fel rwyt ti'n ei wneud nawr! Y tro nesaf y byddi di'n oedi cyn bwyta'r cyfan fe gei di fynd yn syth i'r Tagwr ac fe fydda i'n cloi'r drws ac yn taflu'r allwedd i lawr y ffynnon!'

Torrodd y bachgen drydydd darn a dechrau ei fwyta. Gorffennodd hwn yn gynt na'r ddau arall ac ar ôl ei fwyta cododd y gyllell yn syth a thorri'r darn nesaf. Mewn rhyw ffordd ryfedd roedd e'n dechrau cael hwyl arni.

Doedd Matilda, a oedd yn gwylio'n ofalus, ddim yn gweld unrhyw arwydd fod y bachgen yn dioddef. Os rhywbeth, roedd e fel petai'n magu hyder wrth fynd yn ei flaen. 'Mae e'n gwneud yn dda,' sibrydodd wrth Lavender.

'Fe fydd e'n sâl cyn hir,' sibrydodd Lavender 'nôl. 'Fe fydd y cyfan yn erchyll.'

Pan oedd Bruce Bogtrotter wedi bwyta'i ffordd drwy hanner y gacen anferth gyfan, oedodd am ychydig eiliadau'n unig ac anadlu'n ddwfn sawl tro.

Safai'r Trunchbull a'i dwylo ar ei chluniau, yn rhythu arno. 'Dere nawr!' gwaeddodd. 'Bwyta'r cyfan!'

Yn sydyn dyma'r bachgen yn codi gwynt a ruodd o gwmpas y Neuadd fel taran. Dechreuodd sawl un yn y gynulleidfa chwerthin.

'Tawelwch!' gwaeddodd y Trunchbull.

Torrodd y bachgen ddarn trwchus arall iddo'i hunan a dechrau ei fwyta'n gyflym. Doedd dim arwydd o hyd ei fod yn arafu neu'n rhoi'r gorau iddi. Doedd hi'n sicr ddim yn edrych fel petai'n mynd i stopio a gweiddi, 'Alla i ddim, alla i ddim bwyta rhagor! Dw i'n mynd i fod yn sâl!' Roedd e'n dal i fynd.

A nawr roedd newid bach yn dod dros y ddau gant a hanner o blant oedd yn gwylio yn y gynulleidfa. Yn gynharach, roedden nhw wedi synhwyro bod trychineb ar fin digwydd. Roedden nhw wedi paratoi eu hunain at weld digwyddiad annymunol lle byddai'r bachgen druan, yn llawn dop o deisen siocled, yn gorfod ildio ac ymbil am drugaredd, ac yna bydden nhw wedi gwylio'r Trunchbull fuddugoliaethus yn gwthio rhagor a rhagor eto o deisen i geg y bachgen druan.

Ddim o gwbl. Roedd Bruce Bogtrotter dri chwarter y ffordd drwodd ac yn dal i fynd yn dalog. Roedd rhywun yn synhwyro ei fod bron yn dechrau mwynhau ei hunan. Roedd ganddo fynydd i'w ddringo ac roedd e'n benderfynol o gyrraedd y copa neu farw wrth geisio gwneud hynny. Hefyd, roedd bellach wedi dod yn ymwybodol iawn o'i gynulleidfa a sut roedden nhw'n ei gefnogi'n dawel bach. Doedd hon yn ddim llai na brwydr rhyngddo fe a'r Trunchbull nerthol.

Yn sydyn gwaeddodd rhywun, 'Dere, Bruce! Fe alli di lwyddo!'

Trodd y Trunchbull ar ei sawdl a bloeddio, 'Tawelwch!' Gwyliodd y gynulleidfa fel barcut. Roedden nhw wedi ymgolli'n lân yn yr ornest. Roedden nhw'n ysu am ddechrau gweiddi hwrê ond doedden nhw ddim yn mentro.

'Dw i'n meddwl ei fod e'n mynd i lwyddo,' sibrydodd Matilda.

'Dw i'n meddwl hynny hefyd,' sibrydodd Lavender 'nôl. 'Fyddwn i ddim wedi credu y gallai unrhyw un yn y byd fwyta teisen mor fawr.'

'Dyw'r Trunchbull ddim yn credu hynny chwaith,' sibrydodd Matilda. 'Edrych arni. Mae hi'n troi'n gochach ac yn gochach. Mae hi'n mynd i'w ladd os bydd e'n ennill.'

Roedd y bachgen yn arafu nawr. Doedd dim dwy-waith am hynny. Ond roedd e'n dal i wthio'r stwff i'w geg â dygnwch rhedwr pellter hir sydd wedi gweld y llinell derfyn ac sy'n gwybod bod rhaid iddo ddal ati. Wrth i'r gegaid olaf un ddiflannu, dyma hwrê fawr yn codi o'r gynulleidfa ac roedd plant yn neidio ar eu cadeiriau ac yn bloeddio ac yn curo dwylo ac yn gweiddi, 'Da iawn ti, Bruce! Ardderchog, Bruce! Rwyt ti wedi ennill medal aur, Bruce!'

Safai'r Trunchbull heb symud gewyn ar y llwyfan. Roedd ei hwyneb hir fel ceffyl wedi troi'n lliw lafa ac roedd ei llygaid yn disgleirio â chynddaredd. Rhythodd ar Bruce Bogtrotter, a oedd yn eistedd yn ei gadair fel rhyw lindysyn enfawr wedi gorfwyta, yn llawn dop, yn swrth, yn methu symud na siarad. Roedd ei dalcen yn chwys i gyd ond roedd gwên fuddugoliaethus ar ei wyneb.

Yn sydyn dyma'r Trunchbull yn pwyso ymlaen ac yn cydio yn y plât tsieni mawr gwag lle roedd y deisen wedi bod. Fe'i cododd yn uchel i'r awyr a dod ag ef i lawr yn swnllyd ar ben pen Bruce Bogtrotter druan a hedfanodd darnau dros y llwyfan i gyd.

Roedd y bachgen bellach mor llawn o deisen fel ei fod fel sachaid o sment gwlyb a allech chi ddim fod wedi gwneud niwed iddo â gordd. Y cyfan wnaeth e oedd ysgwyd ei ben unwaith neu ddwy a dal ati i wenu.

'Cer i'r diawl!' sgrechiodd y Trunchbull a dyma hi'n martsio oddi ar y llwyfan a'r gogyddes yn dynn wrth ei sodlau.

Lavender

Yng nghanol wythnos gyntaf tymor cyntaf Matilda, meddai Miss Honey wrth y dosbarth, 'Mae gen i newydd-ion pwysig i chi, felly gwrandewch yn astud. Ti hefyd, Matilda. Rho'r llyfr 'na i lawr am eiliad a gwranda.'

Edrychodd wynebau bach awyddus i fyny a gwrando.

'Mae hi'n arfer gan y Brifathrawes,' aeth Miss Honey yn ei blaen, 'i gymryd y dosbarth am un wers yr wyth-nos. Mae hi'n gwneud hyn gyda phob dosbarth yn yr ysgol ac mae gan bob dosbarth ddiwrnod penodol ac amser penodol. Mae ein tro ni bob amser am ddau o'r gloch brynhawn dydd Iau, yn syth ar ôl cinio. Felly am ddau o'r gloch fe fydd Miss Trunchbull yn cymryd drosodd oddi wrtha i am un wers. Fe fyddaf i yma hefyd, wrth gwrs, ond i wylio'n dawel yn unig. Ydych chi'n deall?'

'Ydyn, Miss Honey,' medden nhw'n siriol.

'Gair o rybudd i bob un ohonoch chi,' meddai Miss Honey. 'Mae'r Brifathrawes yn llym iawn am bopeth. Gwnewch yn siŵr fod eich dillad yn lân, bod eich wynebau'n lân a bod eich dwylo'n lân. Siaradwch dim ond pan fydd hi'n siarad â chi. Pan fydd hi'n gofyn cwestiwn i chi, sefwch ar eich traed yn syth cyn i chi ei ateb. Peidiwch byth â dadlau â hi. Peidiwch byth ag ateb 'nôl. Peidiwch byth â cheisio bod yn ddoniol. Os gwnewch chi, fe fyddwch chi'n ei gwylltio hi, a gwae chi pan fydd y Brifathrawes yn gwylltio.'

'Ie'n wir,' meddai Lavender o dan ei hanadl.

'Dw i'n hollol siŵr,' meddai Miss Honey, 'y bydd hi'n eich profi chi ar yr hyn rydych chi i fod wedi'i ddysgu'r wythnos hon, sef tabl dau. Felly dw i'n pwyso arnoch chi i adolygu pan ewch chi adref heno. Gofynnwch i'ch mam neu eich tad wrando arnoch chi.'

'Ar beth arall fydd hi'n ein profi ni?' gofynnodd rhywun.

'Sillafu,' meddai Miss Honey. 'Ceisiwch gofio popeth rydych chi wedi'i ddysgu'r ychydig ddiwrnodau diwethaf hyn. Ac un peth arall. Rhaid bod jwg o ddŵr a gwydryn bob amser ar y bwrdd fan hyn pan ddaw'r Brifathrawes i mewn. Fydd hi byth yn cymryd gwers heb hynny. Nawr pwy fydd yn gyfrifol am hynny?'

'Fi,' meddai Lavender ar unwaith.

'Da iawn, Lavender,' meddai Miss Honey. 'Dy waith di fydd mynd i'r gegin a nôl y jwg a'i llenwi â dŵr a'i rhoi hi ar y ford fan hyn gyda gwydryn gwag glân yn union cyn i'r wers ddechrau.'

'Beth os nad yw'r jwg yn y gegin?' gofynnodd Lavender.

'Mae dwsinau o jygiau a gwydrau i'r Brifathrawes yn y gegin,' meddai Miss Honey. 'Maen nhw'n cael eu defnyddio dros yr ysgol i gyd.'

'Anghofia i ddim,' meddai Lavender. 'Dw i'n addo na wnaf i.'

Roedd meddwl cyfrwys Lavender eisoes yn mynd dros y posibiliadau roedd y gwaith o nôl y jwg ddŵr wedi'u hagor iddi. Roedd hi'n ysu am wneud rhywbeth gwirioneddol arwrol. Roedd hi wedi gwirioni wrth edmygu Hortensia, y ferch hŷn, am y pethau dewr roedd hi wedi'u gwneud yn yr ysgol. Roedd hi hefyd yn edmygu Matilda, a oedd wedi gwneud iddi addo cadw'n dawel am y gamp gyda'r parot roedd hi wedi'i gwneud gartref, a hefyd am y newid olew gwallt oedd wedi troi gwallt ei thad yn wyn. Ei thro *hi* oedd hi bellach i fod yn arwres, petai hi ond yn gallu meddwl am gynllwyn gwych.

Ar y ffordd adref o'r ysgol y prynhawn hwnnw dechreuodd ystyried y gwahanol bosibiliadau, a phan feddyliodd hi o'r diwedd am egin syniad gwych, dyma hi'n dechrau ymhelaethu arno a gwneud cynlluniau â'r un math o ofal ag y gwnaeth Dug Wellington cyn Brwydr Waterloo. Rhaid cyfaddef nad Napoleon oedd y gelyn y tro hwn. Ond fyddet ti byth wedi cael neb yn Crunchem Hall i gydnabod bod y Brifathrawes yn elyn llai arswydus na'r Ffrancwr enwog. Byddai'n rhaid bod yn hynod fedrus, meddai Lavender wrthi ei hun, a byddai'n rhaid bod yn hynod gyfrinachol os oedd hi'n mynd i ddod yn fyw o'r fenter hon.

Roedd pwll mwdlyd ar waelod gardd Lavender a dyma lle roedd cartref nythfa o fadfallod y dŵr. Fydd pobl gyffredin ddim yn aml yn gweld madfall y dŵr, er ei bod yn gymharol gyffredin mewn pyllau yn Lloegr, achos ei fod yn greadur swil ac encilgar. Mae'n anifail anhygoel o hyll a ffiaidd yr olwg, yn eithaf tebyg i grocodeil bach ond bod ei ben yn fyrrach. Mae'n greadur hollol ddiniwed ond dydy e ddim yn edrych felly. Mae tua chwe modfedd o hyd ac yn llysnafedd i gyd, gyda chroen llwydwyrdd ar ran uchaf y corff a bol oren oddi tano. Mewn gwirionedd, amffibiad sy'n gallu byw i mewn neu allan o'r dŵr ydyw.

Y noson honno aeth Lavender i waelod yr ardd yn benderfynol o ddal madfall y dŵr. Maen nhw'n anifeil-iaid sy'n symud yn gyflym ac nid yw'n hawdd eu dal nhw. Gorweddodd ar y lan am amser hir yn aros yn amyneddgar tan iddi weld un enfawr. Wedyn, gan ddefnyddio'i het ysgol fel rhwyd, dyma hi'n ymosod arni ac yn ei dal. Roedd hi wedi rhoi dyfrllys yn ei

131

blwch pensiliau'n barod i dderbyn y creadur, ond gwelodd nad ar chwarae bach y byddai hi'n gallu cael y fadfall allan o'r het ac i'w blwch pensiliau. Roedd hi'n troi ac yn trosi fel arian byw ac, ar ben hynny, dim ond jyst yn ddigon hir iddi roedd y blwch. Pan lwyddodd hi i'w rhoi i mewn o'r diwedd, roedd rhaid iddi fod yn ofalus rhag cau ei chynffon yn y clawr wrth iddi ei gau. Roedd bachgen drws nesaf o'r enw Rupert Entwistle wedi dweud wrthi, petaet ti'n torri cynffon madfall y dŵr i ffwrdd, y byddai'r gynffon yn dal yn fyw ac yn tyfu'n fadfall arall ddeg gwaith yn fwy na'r un gyntaf. Gallai fod yr un maint â chrocodeil. Doedd Lavender ddim yn credu hynny'n hollol, ond doedd hi ddim yn fodlon mentro rhag ofn i hynny ddigwydd.

O'r diwedd llwyddodd i lithro clawr y blwch pensiliau ar gau yn llwyr a hi oedd piau'r fadfall. Wedyn, dyma hi'n meddwl eto ac agor y clawr ryw fymryn bach er mwyn i'r creadur allu anadlu.

Drannoeth cariodd ei arf cyfrinachol i'r ysgol yn ei sachell. Roedd hi'n gyffro i gyd. Roedd hi'n ysu am ddweud wrth Matilda am gynllun ei brwydr. Yn wir, roedd hi eisiau dweud wrth y dosbarth cyfan. Ond yn y pen draw penderfynodd beidio â dweud wrth neb. Roedd hi'n well fel hynny oherwydd wedyn fyddai neb, hyd yn oed pan fydden nhw'n dioddef yr artaith gwaethaf, yn gallu dweud mai hi wnaeth.

Daeth amser cinio. Sosej a ffa pob heddiw, hoff fwyd Lavender, ond allai hi mo'i fwyta.

'Wyt ti'n teimlo'n iawn, Lavender?' gofynnodd Miss Honey o ben y bwrdd.

133

'Fe ges i frecwast mor anferth,' meddai Lavender, 'allwn i ddim bwyta dim, wir i chi.'

Yn syth ar ôl cinio, i ffwrdd â hi ar wib i'r gegin a dod o hyd i un o jygiau enwog y Trunchbull. Roedd hi'n jwg fawr a boliog o grochenwaith gwydrog glas. Llenwodd Lavender hi yn hanner llawn o ddŵr a'i chario, a gwydryn hefyd, i'r ystafell ddosbarth a'i rhoi ar fwrdd yr athrawes. Roedd yr ystafell ddosbarth yn dal yn wag. Ar amrantiad, aeth Lavender i nôl ei blwch pensiliau o'i sachell a llithro'r clawr ar agor fymryn bach. Roedd y fadfall yn gorwedd yn hollol lonydd. Yn ofalus iawn, daliodd y blwch dros geg y jwg a thynnu'r clawr led y pen ar agor a gollwng y fadfall i mewn. Daeth sŵn plop wrth iddi lanio yn y dŵr, a bu'n nofio'n wyllt am rai eiliadau cyn tawelu. Ac yna, er mwyn i'r fadfall deimlo'n fwy cartrefol, penderfynodd Lavender roi'r holl ddyfr- llys o'r blwch pensiliau iddi hefyd.

Roedd y cyfan wedi'i wneud. Roedd popeth yn barod. Rhoddodd Lavender ei phensiliau 'nôl yn ei blwch pensiliau braidd yn llaith a'i roi 'nôl yn ei briod le ar ei desg ei hun. Yna aeth allan ac ymuno â'r lleill yn y buarth hyd nes ei bod hi'n bryd i'r wers ddechrau.

Y Prawf Wythnosol

Am ddau o'r gloch yn union daeth y dosbarth at ei gilydd, gan gynnwys Miss Honey, a sylwodd fod y jwg ddŵr a'r gwydryn yn eu priod le. Wedyn aeth reit i gefn y dosbarth a sefyll yno. Arhosodd pawb. Yn sydyn dyma ffurf enfawr y Brifathrawes yn martsio i mewn yn ei smoc a'r gwregys amdani a'r trowsus pen-glin gwyrdd.

'Prynhawn da, blant,' cyfarthodd.

'Prynhawn da, Miss Trunchbull,' medden nhw'n siriol.

Safodd y Brifathrawes o flaen y dosbarth, a'i choesau ar led, a'i dwylo ar ei chluniau, gan rythu ar y bechgyn a'r merched bach oedd yn eistedd yn nerfus wrth eu desgiau o'i blaen.

'Dyw honna *ddim* yn olygfa braf,' meddai hi. Roedd golwg annymunol iawn ar ei hwyneb, fel petai'n edrych ar rywbeth roedd ci wedi'i wneud yng nghanol y llawr. 'Dyna griw o benbyliaid bach cyfoglyd ydych chi.'

Roedd pawb yn ddigon call i beidio â dweud gair.

'Mae'n gwneud i mi chwydu,' aeth yn ei blaen, 'wrth feddwl bod rhaid i mi ddioddef llwyth o sothach fel chi yn fy ysgol am y chwe blynedd nesaf. Fe alla i weld y bydd rhaid i mi ddiarddel cymaint ag sy'n bosibl ohonoch chi rhag i mi fynd yn gwbl wallgof.' Oedodd a rhochian sawl gwaith. Roedd e'n sŵn rhyfedd. Mae'r un math o sŵn i'w glywed wrth gerdded drwy stablau marchogaeth pan fydd y ceffylau'n cael eu bwydo.

'Mae'n debyg,' aeth yn ei blaen, 'fod eich mamau a'ch tadau'n dweud wrthoch chi eich bod chi'n wych. Wel, dw i yma i ddweud y gwrthwyneb wrthoch chi, ac mae'n well i chi fy nghredu i. Sefwch ar eich traed, bawb!'

Cododd pawb ar eu traed yn gyflym.

'Nawr rhowch eich dwylo allan o'ch blaenau. Ac wrth i mi gerdded heibio dw i eisiau i chi eu troi nhw drosodd er mwyn i mi weld a ydyn nhw'n lân ar y ddwy ochr.'

Dechreuodd y Trunchbull fartsio'n araf ar hyd y rhesi o ddesgiau gan archwilio'r dwylo. Aeth popeth yn dda tan iddi ddod at fachgen bach yn yr ail res.

'Beth yw dy enw di?' cyfarthodd.

'Nigel,' meddai'r bachgen.

'Nigel beth?'

'Nigel Hicks,' meddai'r bachgen.

'Nigel Hicks beth?' taranodd y Trunchbull. Taranodd hi mor swnllyd hyd nes iddi chwythu'r crwtyn bach allan drwy'r ffenest, bron.

'Dyna'r cyfan,' meddai Nigel. 'Oni bai eich bod chi eisiau fy ail enw hefyd.' Un bach dewr oedd e, ac roedd hi'n bosibl gweld nad oedd yr ellyll oedd uwch ei ben yn mynd i godi ofn arno.

'Dw i *ddim* eisiau dy enwau canol di, y gwalch!' taranodd yr Ellyll. 'Beth yw fy enw *i*?'

'Miss Trunchbull,' medd Nigel.

'Wel, defnyddia fe 'te pan fyddi di'n siarad â mi! Nawr 'te, gad i ni roi cynnig arall arni. Beth yw dy enw di?'

'Nigel Hicks, Miss Trunchbull,' meddai Nigel.

'Dyna welliant,' meddai'r Trunchbull. 'Mae dy ddwylo di'n fochaidd, Nigel! Pryd golchaist ti nhw ddiwethaf?'

'Wel, gadewch i mi feddwl,' meddai Nigel. 'Mae hi braidd yn anodd cofio hynny'n union. Efallai mai ddoe oedd hi neu echdoe, o bosib.'

Roedd corff ac wyneb Miss Trunchbull i gyd yn edrych fel petaen nhw'n chwyddo, fel petai hi'n cael ei phwmpio gan bwmp beic.

'Fe wyddwn i!' bloeddiodd. 'Fe wyddwn i'n syth pan welais i ti mai dim ond darn o faw oeddet ti! Beth yw gwaith dy dad, gweithiwr carthffosiaeth?'

'Doctor yw e,' meddai Nigel. 'Ac un da iawn hefyd. Mae e'n dweud bod cymaint o bethau droston ni i gyd beth bynnag fel nad yw ychydig bach o faw byth yn gwneud drwg i neb.'

'Dw i'n falch nad fe yw fy meddyg *i*,' meddai'r Trunchbull.

'A pham, gaf i ofyn, mae ffa pob ar flaen dy grys?'

'Fe gawson ni nhw i ginio, Miss Trunchbull.'

'Ac wyt ti fel arfer yn rhoi dy ginio ar flaen dy grys, Nigel? Ai dyna beth mae'r tad enwog o ddoctor sydd gen ti wedi dysgu i ti ei wneud?'

'Mae ffa pob yn anodd eu bwyta, Miss Trunchbull. Maen nhw'n cwympo oddi ar fy fforc o hyd.'

'Rwyt ti'n ffiaidd,' bloeddiodd y Trunchbull. 'Ffatri germau wyt ti! Dw i ddim eisiau gweld rhagor ohonot ti heddiw! Cer i sefyll yn y gornel ar un goes ac wynebu'r wal!'

'Ond Miss Trunchbull . . .'

'Paid â dadlau â mi, fachgen, neu fe wnaf i ti sefyll ar dy ben! Nawr gwna fel dw i'n dweud wrthot ti!'

Dyma Nigel yn mynd.

'Nawr aros ble rwyt ti, fachgen, tra bydda i'n rhoi prawf sillafu i ti i weld a wyt ti wedi dysgu unrhyw beth o gwbl yr wythnos ddiwethaf 'ma. A phaid â throi pan wyt ti'n siarad â mi. Cadw dy hen wyneb bach salw at y wal. Nawr 'te, sillafa "cae".'

'Pa un?' gofynnodd Nigel. 'Lle mae gwartheg yn byw neu'r peth rydych chi'n wneud i ddrws?' Roedd e'n

digwydd bod yn fachgen anarferol o ddeallus ac roedd
ei fam wedi gweithio'n galed gyda fe gartref ar sillafu a
darllen.

'Lle mae gwartheg yn byw, y ffŵl bach gwirion.'

139

Sillafodd Nigel y gair yn gywir, a synnu'r Trunchbull. Roedd hi'n meddwl ei bod hi wedi rhoi gair anodd iawn iddo, un na fyddai wedi'i ddysgu eto, ac roedd hi'n grac ei fod wedi llwyddo.

Wedyn meddai Nigel, gan ddal i gydbwyso ar un goes ac wynebu'r wal, 'Fe ddysgodd Miss Honey i ni sut i sillafu gair newydd hir iawn ddoe.'

'A pha air oedd hwnnw?' gofynnodd y Trunchbull yn dawel. Po dawelaf roedd ei llais yn mynd, mwya'r perygl, ond doedd Nigel ddim i wybod hynny.

'"Ysgrifennu",' meddai Nigel. 'Mae pawb yn y dosbarth yn gallu sillafu "ysgrifennu" nawr.'

'Dyna ddwli,' meddai'r Trunchbull. 'Dy'ch chi ddim i fod i ddysgu geiriau hir fel yna tan y byddwch chi'n wyth neu naw oed o leiaf. A phaid â cheisio dweud wrtha i fod *pawb* yn y dosbarth yn gallu sillafu'r gair yna. Rwyt ti'n dweud celwydd wrtha i, Nigel.'

'Profwch rywun,' meddai Nigel, gan fentro'n ofnadwy. 'Profwch unrhyw un rydych chi eisiau.'

Symudodd llygaid disglair peryglus y Trunchbull o gwmpas yr ystafell ddosbarth. 'Ti,' meddai, gan bwyntio at ferch bitw fach a braidd yn dwp o'r enw Prudence, 'sillafa "ysgrifennu".'

Yn rhyfeddol, dyma Prudence yn ei sillafu'n gywir a heb oedi eiliad.

Roedd y Trunchbull wedi synnu go iawn. 'Hy!' snwff-iodd. 'Ac mae'n debyg i Miss Honey wastraffu gwers gyfan yn dysgu sut i sillafu'r un gair hwnnw i chi?'

'O naddo, wnaeth hi ddim,' meddai Nigel. 'Fe ddysgodd Miss Honey fe i ni mewn tair munud fel na fyddwn ni byth yn ei anghofio fe. Mae hi'n dysgu llawer o eiriau i ni mewn tair munud.'

'A beth yn union yw'r dull hud yma, Miss Honey?' gofynnodd y Brifathrawes.

'Fe ddangosaf i i chi,' meddai'r hen Nigel dewr unwaith eto, er mwyn achub Miss Honey. 'Gaf i roi fy nhroed arall i lawr a throi, os gwelwch chi'n dda, tra bydda i'n dangos i chi?'

'Chei di ddim gwneud y naill na'r llall!' meddai'r Trunchbull yn swta. 'Aros fel rwyt ti a dangos i mi beth bynnag!'

'O'r gorau,' meddai Nigel, a siglo'n wyllt ar un goes. 'Mae Miss Honey yn rhoi cân fach i ni am bob gair ac rydyn ni i gyd yn ei chanu hi gyda'n gilydd ac yn dysgu sillafu'r gair mewn dim o dro. Hoffech chi glywed y gân am "ysgrifennu"?'

'Fe fyddai hynny'n ddiddorol dros ben i mi,' meddai'r Trunchbull mewn llais yn diferu o goegni.

'Dyma hi,' meddai Nigel.

'Mrs Y, Mrs S, Mrs GRI
Mrs F, Mrs E, Mrs NNU.

Mae hynny'n sillafu ysgrifennu.'

'Am wirion bost!' snwffiodd y Trunchbull. 'Pam mae'r menywod hyn i gyd yn briod? A beth bynnag dydych chi ddim i fod i ddysgu barddoniaeth pan fyddwch chi'n dysgu sillafu. Peidiwch â gwneud hyn yn y dyfodol, Miss Honey.'

'Ond mae'n dysgu rhai o'r geiriau mwyaf anodd iddyn nhw'n rhyfeddol o dda,' mwmialodd Miss Honey.

'Peidiwch â dadlau â mi, Miss Honey!' taranodd y Brifathrawes. 'Gwnewch fel dw i'n dweud, dyna i gyd! Nawr fe rof i brawf tablau lluosi i'r plant i weld a yw Miss Honey wedi dysgu unrhyw beth o gwbl i chi yn y maes hwnnw.' Roedd y Trunchbull wedi dychwelyd i'w lle o flaen y dosbarth, ac roedd yn syllu'n ddieflig ar hyd y rhes o ddisgyblion pitw. 'Ti!' cyfarthodd, gan bwyntio at fachgen bach o'r enw Rupert yn y rhes flaen. 'Beth yw dau saith?'

'Un deg chwech,' atebodd Rupert mewn anobaith ffôl.

Dechreuodd y Trunchbull agosáu yn araf a thawel at Rupert fel teigres ar drywydd carw bach. Yn sydyn daeth Rupert yn ymwybodol o'r perygl a rhoddodd gynnig arall arni'n gyflym. 'Un deg wyth yw'r ateb!' llefodd. 'Dau saith yw un deg wyth, nid un deg chwech!'

'Y twmffat bach twp!' bloeddiodd y Trunchbull. 'Y pen dafad disynnwyr! Y penci gwirion! Y pen meipen!' Roedd hi bellach wedi aros yn union y tu ôl i Rupert, ac yn sydyn dyma hi'n ymestyn llaw maint raced tennis a chydio ym mhob blewyn o wallt a oedd ar ben Rupert â'i dwrn. Roedd ei fam yn meddwl bod ei wallt yn hyfryd ac roedd hi'n mwynhau gadael iddo dyfu'n arbennig o hir. Roedd y Trunchbull yn casáu gwallt hir ar fechgyn gymaint ag oedd hi'n casáu plethau ar ferched ac roedd hi ar fin dangos hynny. Gafaelodd yn dynn yn nhresi aur hir Rupert â'i llaw enfawr ac yna, drwy godi ei braich dde gyhyrog, dyma hi'n codi'r bachgen druan yn grwn o'i gadair a'i ddal yn yr awyr.

Gwaeddodd Rupert. Troellodd a gwingo a chicio'r awyr fel mochyn sownd a bloeddiodd Miss Trunchbull,

'Dau saith yw un deg pedwar! Dau saith yw un deg pedwar! Wnaf i ddim gadael i ti fynd hyd nes y byddi di wedi'i ddweud e!'

O gefn y dosbarth, gwaeddodd Miss Honey, 'Miss Trunchbull! Rhowch e i lawr, os gwelwch yn dda! Rydych chi'n gwneud dolur iddo! Fe allai ei wallt i gyd ddod allan!'

'Efallai'n wir os nad yw e'n rhoi'r gorau i wingo!' snwffiodd y Trunchbull. 'Aros yn llonydd, y mwydyn bach gwinglyd!'

Roedd hi wir yn olygfa hollol ryfeddol i weld y Brifathrawes enfawr hon yn ysgwyd y bachgen bach yn uchel yn yr awyr a'r bachgen yn troi ac yn troelli fel rhywbeth ar ben llinyn ac yn sgrechian nerth ei ben.

'Dwed e!' bloeddiodd y Trunchbull. 'Dwed dau saith yw un deg pedwar! Brysia, neu fe fydda i'n dechrau dy blycio di i fyny ac i lawr ac wedyn fe fydd dy wallt di wir yn dod allan ac fe fydd digon ohono fe gyda ni i stwffio soffa! Dere, fachgen! Dwed dau saith yw un deg pedwar ac fe fydda i'n dy ollwng yn rhydd!'

'D-d-dau s-saith yw un deg p-p-pedwar,' ebychodd Rupert, ac ar hynny dyma'r Trunchbull, yn wir, yn agor ei llaw ac yn ei ollwng yn rhydd yn llythrennol. Roedd e'n bell iawn o'r llawr pan ollyngodd hi fe, a dyma fe'n plymio i'r ddaear a tharo'r llawr a bownsio fel pêl-droed.

'Cod ar dy draed a rho'r gorau i lefain,' cyfarthodd y Trunchbull.

Cododd Rupert a mynd 'nôl at ei ddesg gan rwbio croen ei ben â'i ddwy law. Aeth y Trunchbull yn ôl i flaen y dosbarth. Eisteddai'r plant wedi'u hypnoteiddio. Doedd dim un ohonyn nhw wedi gweld unrhyw beth tebyg i hyn o'r blaen. Roedd yn adloniant gwych. Roedd yn well na phantomeim, ond gydag un gwahaniaeth mawr. O'u blaenau yn yr ystafell hon roedd bom mawr dynol a oedd yn debygol o ffrwydro a chwythu rhywun yn ddarnau unrhyw eiliad. Roedd llygaid y plant wedi'u hoelio ar y Brifathrawes. 'Dw i ddim yn hoffi pobl fach,' meddai. 'Ddylai pobl fach ddim cael eu gweld gan neb. Fe ddylen nhw gael eu cadw o'r golwg mewn blychau fel pinnau gwallt a botymau. Alla i yn fy myw ddim gweld pam mae'n rhaid i blant gymryd cymaint o amser i dyfu. Dw i'n credu eu bod nhw'n ei wneud e'n fwriadol.'

Dyma un bachgen bach hynod ddewr arall yn y rhes flaen yn codi ei lais a dweud, 'Ond mae'n rhaid eich bod *chi*'n berson bach unwaith, Miss Trunchbull, on'd oeddech chi?'

'Doeddwn i *erioed* yn berson bach,' meddai'n swta. 'Dw i wedi bod yn fawr gydol fy mywyd a dw i ddim yn gweld pam na all pawb arall fod felly hefyd.'

'Ond rhaid eich bod chi wedi dechrau fel babi,' meddai'r bachgen.

'*Fi*! Babi!' gwaeddodd y Trunchbull. 'Rhag dy gywilydd di am awgrymu'r fath beth! Llai o dy hyfdra di! Paid â bod mor ddigywilydd! Beth yw dy enw di, fachgen? A saf ar dy draed pan wyt ti'n siarad â mi!'

Cododd y bachgen ar ei draed. 'Fy enw yw Eric Ink, Miss Trunchbull,' meddai.

'Eric *beth*?' gwaeddodd y Trunchbull.

'Ink,' meddai'r bachgen.

'Paid â bod mor wirion, fachgen! Does dim enw o'r fath yn bod!'

'Edrychwch yn y llyfr ffôn,' meddai Eric. 'Fe welwch chi fy nhad yno o dan Ink.'

'O'r gorau 'te,' meddai'r Trunchbull. 'Efallai mai Ink yw dy enw di, ŵr ifanc, ond gad i mi ddweud rhywbeth wrthot ti. Dwyt ti ddim yn inc parhaol. Fydda i ddim yn hir yn dy rwbio di allan os wyt ti'n ceisio bod yn glyfar gyda fi. Sillafa gwenu.'

'Dw i ddim yn deall,' meddai Eric. 'Beth rydych chi eisiau i mi ei sillafu?'

'Sillafa gwenu, y twpsyn! Sillafa'r gair "gwenu"!'

'G . . . W . . . E . . . N . . . I,' meddai Eric, gan ateb yn rhy gyflym.

Bu tawelwch cas.

'Fe rof i un cyfle arall i ti,' meddai'r Trunchbull, heb symud.

'A ie, dw i'n gwybod,' meddai Eric. 'Mae dwy "N" ynddo fe. G . . . W . . . E . . . N . . . N . . . I. Mae'n hawdd.'

Mewn dau gam mawr roedd y Trunchbull y tu ôl i ddesg Eric, a dyna lle y safai, colofn y farn yn uchel uwchben y bachgen druan. Rhoddodd Eric gip ofnus yn ôl dros ei ysgwydd ar yr anghenfil. 'Roeddwn i *yn* gywir, on'd oeddwn i?' mwmialodd yn nerfus.

'Roeddet ti'n *anghywir*!' cyfarthodd y Trunchbull. 'Yn wir rwyt ti'n fy nharo i fel y math o benbwl bach gwenwynig a fydd *bob amser* yn anghywir! Rwyt ti'n eistedd yn anghywir! Rwyt ti'n edrych yn anghywir! Rwyt ti'n siarad yn anghywir! Rwyt ti'n anghywir i gyd! Fe rof i un cyfle arall i ti fod yn gywir! Sillafa "gwenu"!'

Oedodd Eric. Yna meddai'n araf iawn, 'Nid G . . . W . . . E . . . N . . . I yw e, ac nid G . . . W . . . E . . . N . . . N . . . I. O, dw i'n gwybod, rhaid mai G . . . W . . . E . . . N . . . N . . . U yw e.'

146

Gan sefyll y tu ôl i Eric, dyma'r Trunchbull yn ymestyn ac yn cydio yn nwy glust y bachgen, un ym mhob llaw, gan eu gwasgu rhwng ei bys a'i bawd.

'Aw!' llefodd Eric. 'Aw! Rydych chi'n gwneud dolur i mi!'

'Dw i ddim wedi dechrau eto,' meddai'r Trunchbull yn fywiog. A nawr, gan afael yn dynn yn ei ddwy glust, dyma hi'n ei godi'n grwn o'i sedd a'i ddal fry yn yr awyr.

Fel Rupert o'i flaen, sgrechiodd Eric nerth ei ben.

O gefn yr ystafell ddosbarth, gwaeddodd Miss Honey, 'Miss Trunchbull! Peidiwch! Gollyngwch e, os gwelwch chi'n dda! Fe allai ei glustiau ddod yn rhydd!'

'Fyddan nhw byth yn dod yn rhydd,' gwaeddodd y Trunchbull yn ôl. 'Dw i wedi darganfod drwy brofiad hir, Miss Honey, fod clustiau bechgyn bach yn sownd iawn wrth eu pennau.'

'Gollyngwch e, Miss Trunchbull, os gwelwch chi'n dda,' ymbiliodd Miss Honey. 'Fe allech chi wneud niwed iddo fe, fe allech chi wir! Fe allech chi eu rhwygo nhw i ffwrdd!'

'Dydy clustiau byth yn dod i ffwrdd!' gwaeddodd y Trunchbull. 'Maen nhw'n ymestyn yn hollol wych, fel mae'r rhain yn gwneud nawr, ond fe alla i eich sicrhau chi nad ydyn nhw byth yn dod i ffwrdd!'

Roedd Eric yn sgrechian yn uwch nag erioed ac yn pedalu'r awyr â'i goesau.

Doedd Matilda erioed wedi gweld bachgen, nac unrhyw un arall o ran hynny, yn cael ei ddal fry yn yr awyr gerfydd ei glustiau'n unig. Fel Miss Honey, roedd

hi'n teimlo'n siŵr fod y ddwy glust yn mynd i ddod i ffwrdd unrhyw eiliad â'r holl bwysau oedd arnyn nhw.

Roedd y Trunchbull yn gweiddi. 'Mae'r gair "gwenu" yn cael ei sillafu G . . . W . . . E . . . N . . . U. Nawr sillafa fe, y mwnci bach!'

Oedodd Eric ddim. Roedd wedi dysgu wrth wylio Rupert rai munudau ynghynt, po gyntaf roeddet ti'n ateb, y cynharaf y byddet ti'n cael dy ryddhau. 'Mae G . . . W . . . E . . . N . . . U,' gwichiodd, 'yn sillafu gwenu!'

Gan gydio ynddo o hyd gerfydd ei glustiau, dyma'r Trunchbull yn ei ollwng i lawr i'w gadair y tu ôl i'w ddesg. Wedyn dyma hi'n martsio'n ôl i flaen y dosbarth, gan sychu ei dwylo yn ei gilydd fel rhywun sydd wedi bod yn trafod rhywbeth braidd yn fawlyd.

'Dyna'r ffordd i wneud iddyn nhw ddysgu, Miss Honey,' meddai. 'Credwch chi fi, does dim pwynt *dweud* wrthyn nhw a dim mwy. Mae'n rhaid i chi ei *forthwylio* fe i mewn iddyn nhw. Does dim byd fel ychydig o droi a throelli i'w hannog nhw i gofio pethau. Mae'n canol-bwyntio eu meddyliau nhw'n wych.'

'Fe allech chi wneud niwed parhaol iddyn nhw, Miss Trunchbull,' llefodd Miss Honey.

'O dw i wedi, dw i'n hollol siŵr fy mod i wedi,' atebodd y Trunchbull, gan wenu. 'Fe fydd clustiau Eric wedi ymestyn yn eithaf sylweddol yn yr ychydig funudau diwethaf! Fe fyddan nhw'n llawer hirach nawr nag oedden nhw o'r blaen. Does dim byd yn bod ar hynny, Miss Honey. Fe fydd e'n edrych yn ddiddorol, fel coblyn, am weddill ei oes.'

'Ond Miss Trunchbull . . .'

'O, byddwch ddistaw, Miss Honey! Rydych chi cynddrwg ag unrhyw un ohonyn nhw. Os na allwch chi ymdopi fan hyn, fe gewch chi fynd i chwilio am swydd mewn rhyw ysgol breifat wlân cotwm i gnafon bach cyfoethog. Pan fyddwch chi wedi bod yn dysgu am gymaint o amser â mi, fe sylweddolwch chi nad oes pwynt bod yn garedig wrth blant o gwbl. Darllenwch *Nicholas Nickleby*, Miss Honey, gan Mr Dickens. Darllenwch am Mr Wackford Squeers, prif-athro gwych Dotheboys Hall. Roedd *e*'n gwybod sut i drafod y gweilch bach, on'd oedd e! Roedd e'n gwybod sut i ddefnyddio'r gansen, on'd oedd e! Roedd e'n cadw eu penolau nhw mor gynnes, fe allech chi fod wedi ffrio bacwn a wyau arnyn nhw! Dyna lyfr da yw e. Ond dw i ddim yn meddwl y bydd y criw o dwpsod sydd gyda ni fan hyn byth yn ei ddarllen, achos o'r olwg sydd arnyn nhw, fyddan nhw byth yn darllen dim!'

'Dw i wedi'i ddarllen e,' meddai Matilda'n dawel.

Trodd y Trunchbull ei phen yn sydyn ac edrych yn ofalus ar y ferch fach â gwallt tywyll a llygaid brown tywyll oedd yn eistedd yn yr ail res. 'Beth ddwedaist ti?' gofynnodd yn swta.

'Fe ddwedais i 'mod i wedi'i ddarllen e, Miss Trunchbull.'

'Darllen beth?'

'*Nicholas Nickleby*, Miss Trunchbull.'

'Rwyt ti'n dweud celwydd wrtha i, madam!' gwaedd-odd y Trunchbull, gan rythu ar Matilda. 'Dw i'n amau a oes un plentyn yn yr holl ysgol sydd wedi darllen y

llyfr 'na, a dyma ti, yn benbwl bach yn y dosbarth isaf
o'r cyfan yn ceisio dweud celwydd anferthol o fawr fel
hwnna! Pam rwyt ti'n ei wneud e? Rhaid dy fod ti'n
meddwl mai ffŵl ydw i! Wyt ti'n meddwl mai ffŵl ydw i,
blentyn?'

'Wel . . .' meddai Matilda, ac yna oedodd. Byddai
wedi hoffi dweud, 'Ydw, dw i yn,' ond hunanladdiad
fuasai hynny. 'Wel,' meddai eto, gan ddal i oedi, gan
ddal i wrthod dweud 'Nac ydw'.

Roedd y Trunchbull yn synhwyro beth roedd y
plentyn yn ei feddwl a doedd hi ddim yn ei hoffi. 'Saf

ar dy draed pan fyddi di'n siarad â mi!' meddai'n swta. 'Beth yw dy enw di?'

Cododd Matilda ar ei thraed a dweud, 'Matilda Wormwood yw fy enw i, Miss Trunchbull.'

'Wormwood, ie?' meddai'r Trunchbull. 'Os felly, rhaid mai ti yw merch y dyn yna sy'n berchen ar Garej Wormwood?'

'Ie, Miss Trunchbull.'

'Lleidr yw e!' gwaeddodd y Trunchbull. 'Wythnos yn ôl fe werthodd e gar ail-law i mi a oedd bron yn newydd, meddai fe. Ro'n i'n meddwl ei fod e'n foi gwych bryd hynny. Ond y bore 'ma, wrth i mi yrru'r car 'na drwy'r pentref, dyma'r injan gyfan yn cwympo ar yr heol! Roedd yr holl beth yn llawn o flawd llif! Lleidr ac ysbeiliwr yw e! Fe flinga i fe'n fyw, fe gei di weld!'

'Mae'n glyfar wrth ei fusnes,' meddai Matilda.

'Clyfar myn asen i!' gwaeddodd y Trunchbull. 'Mae Miss Honey'n dweud wrtha i dy fod *ti* i fod yn glyfar, hefyd! Wel, madam, dw i ddim yn hoffi pobl glyfar! Twyllwyr ydyn nhw i gyd! Twyllwr wyt *ti* yn bendant. Cyn i mi ffraeo â dy dad, fe ddwedodd e rai storïau cas iawn wrtha i am y ffordd roeddet ti'n ymddwyn gartref! Fe fydd yn well i ti beidio ceisio rhoi cynnig ar ddim byd yn yr ysgol hon, 'merch fach i. Fe fydda i'n cadw llygad barcut arnat ti o hyn allan. Eistedd a bydd ddistaw.'

Y Wyrth Gyntaf

Eisteddodd Matilda wrth ei desg unwaith eto. Eisteddodd y Trunchbull y tu ôl i fwrdd yr athrawes. Dyma'r tro cyntaf iddi eistedd yn ystod y wers. Yna dyma hi'n ymestyn ei llaw a chydio yn ei jwg ddŵr. Gan ddal i gydio yn nolen y jwg ond heb ei chodi eto, dywedodd, 'Dw i erioed wedi gallu deall pam mae plant bach mor ffiaidd. Maen nhw'n bla ar f'enaid i. Maen nhw fel pryfed. Fe ddylen ni gael gwared arnyn nhw cyn gynted â phosibl. Rydyn ni'n cael gwared ar bryfed â chwistrell pryfed a thrwy hongian papur pryfed. Dw i'n aml wedi meddwl am ddyfeisio chwistrell i gael gwared ar blant bach. Dyna wych fyddai gallu cerdded i mewn i'r ystafell ddosbarth yma gyda chwistrell enfawr yn fy nwylo a dechrau ei phwmpio hi. Neu'n well byth, darnau enfawr o bapur gludiog. Fe fyddwn i'n eu hongian nhw dros yr ysgol i gyd ac fe fyddech chi i gyd yn mynd yn sownd wrthyn nhw a dyna ddiwedd arni. Yn byddai hynny'n syniad da, Miss Honey?'

'Os mai jôc yw honna i fod, Brifathrawes, dw i ddim yn meddwl ei bod hi'n un ddoniol iawn,' meddai Miss Honey o gefn y dosbarth.

'Fyddech chi ddim, fyddech chi, Miss Honey?' meddai'r Trunchbull. 'Ac *nid* jôc yw hi i fod. Fy syniad i o ysgol berffaith, Miss Honey, yw un lle nad oes plant o gwbl. Ryw ddiwrnod fe fydda i'n dechrau ysgol fel 'na. Dw i'n credu y bydd hi'n llwyddiannus iawn.'

Mae'r fenyw'n gwbl wallgof, roedd Miss Honey yn dweud wrthi ei hun. Dyw hi ddim yn llawn llathen. Hi yw'r un y dylen ni gael gwared arni.

Nawr cododd y Trunchbull y jwg ddŵr las borslen ac arllwys dŵr i'w gwydryn. Ac yn sydyn, gyda'r dŵr, daeth y fadfall lysnafeddog hir allan yn syth i'r gwydryn, *plop*!

Dyma'r Trunchbull yn rhoi gwaedd ac yn neidio oddi ar ei chadair fel petai tân gwyllt wedi ffrwydro oddi tani. A nawr gwelodd y plant hefyd y creadur hir tenau llysnafeddog fel madfall â bol melyn a dyma nhw'n gwingo a neidio o gwmpas hefyd, dan weiddi, 'Beth yw e? O, mae e'n ffiaidd! Neidr yw e! Crocodeil bach yw e! Aligator yw e!'

'Gwyliwch, Miss Trunchbull!' gwaeddodd Lavender. 'Fe fentra i ei fod e'n cnoi!'

Roedd y Trunchbull, y gawres enfawr hon, yn sefyll yno yn ei throwsus pen-glin gwyrdd, yn crynu fel jeli. Roedd hi'n arbennig o gynddeiriog fod rhywun wedi llwyddo i wneud iddi neidio a gweiddi fel yna, achos roedd hi'n ymfalchïo yn ei gwydnwch. Syllodd ar y creadur yn troi a throsi yn y gwydryn. Yn rhyfedd ddigon, doedd hi erioed wedi gweld madfall y dŵr o'r blaen. Doedd byd natur ddim yn un o'i chryfderau. Doedd ganddi ddim clem beth oedd y peth yma. Roedd e'n sicr yn edrych yn hynod annymunol. Yn araf bach eisteddodd eto yn ei chadair. Yr eiliad hon roedd hi'n edrych yn fwy arswydus nag erioed o'r blaen. Roedd tanau dicter a chasineb yn llosgi yn ei llygaid bach duon.

'Matilda!' cyfarthodd. 'Saf ar dy draed!'

'Pwy, fi?' meddai Matilda. 'Beth dw *i* wedi'i wneud?'

'Saf ar dy draed, y gnawes fach ffiaidd!'

'Dw i ddim wedi gwneud dim, Miss Trunchbull, wir i chi. Dw i erioed wedi gweld y peth llysnafeddog 'na o'r blaen!'

'Saf ar dy draed ar unwaith, y sguthan fach frwnt!'

Yn anfodlon, cododd Matilda ar ei thraed. Roedd hi yn yr ail res. Roedd Lavender yn y rhes y tu ôl iddi, yn teimlo braidd yn euog. Doedd hi ddim wedi bwriadu cael ei ffrind i drwbwl. Ar y llaw arall, doedd hi'n sicr ddim ar fin cyfaddef.

'Pioden fach gas, ffiaidd, atgas, faleisus wyt ti!' gwaeddai'r Trunchbull. 'Dwyt ti ddim ffit i fod yn yr ysgol 'ma! Fe ddylet ti fod y tu ôl i farrau carchar, dyna

lle dylet ti fod! Fe gaf i wared arnat ti o'r sefydliad yma mewn gwarth llwyr! Fe gaf i'r swyddogion i redeg ar dy ôl di i lawr y coridor ac allan drwy'r drws ffrynt â ffyn hoci! Fe gaf i staff yn cario arfau i fynd â ti adref ! Ac wedyn fe wnaf i'n hollol siŵr dy fod ti'n cael dy anfon i ysgol ddiwygio i ferched drwg am leiafswm o bedwar deg mlynedd!'

Roedd y Trunchbull wedi gwylltio cymaint fel bod ei hwyneb yn edrych fel petai'n berwi ac roedd darnau bach o ewyn yn crynhoi yng nghorneli ei cheg. Ond nid hi oedd yr unig un oedd yn wyllt gacwn. Roedd Matilda hefyd yn dechrau teimlo'n grac. Doedd dim ots ganddi o gwbl gael ei chyhuddo o wneud rhywbeth roedd hi wedi'i wneud mewn gwirionedd. Gallai weld bod hynny'n gyfiawn. Ond roedd yn brofiad hollol newydd iddi gael ei chyhuddo o drosedd nad oedd hi'n bendant wedi'i chyflawni. Doedd hi heb wneud dim o gwbl â'r creadur atgas yna yn y gwydryn. Caton pawb, meddyliodd, dyw'r hen Drunchbull gas 'na ddim yn mynd i gael hawlio mai fi wnaeth!

'*Nid fi wnaeth!*' sgrechiodd Matilda.

'O ie, 'te!' rhuodd y Trunchbull 'nôl. 'Fyddai neb arall wedi gallu meddwl am dric fel yna! Roedd dy dad yn iawn i roi rhybudd i mi amdanat ti!' Roedd y fenyw fel petai wedi colli arni'n llwyr. Roedd hi'n brygowthan fel dyn dwl. 'Rwyt ti wedi'i chael hi yn yr ysgol 'ma, 'merch i!' gwaeddodd. 'Rwyt ti wedi'i chael hi ym mhobman. Fe wnaf i'n siŵr yn bersonol dy fod ti'n cael dy roi mewn man lle na all y brain hyd yn oed ddomi arnat ti! Mae'n debygol na weli di byth olau dydd eto!'

'*Dw i'n dweud wrthoch chi nad fi wnaeth!*' sgrechiodd Matilda. 'Dw i erioed wedi gweld creadur fel hyn yn fy mywyd!'

'Rwyt ti wedi rhoi . . . y . . . crocodeil yn fy nŵr yfed!' gwaeddodd y Trunchbull 'nôl. 'Does dim trosedd yn y byd sy'n waeth yn erbyn Prifathrawes! Nawr eistedd a phaid â dweud gair! Cer, eistedd i lawr ar unwaith!'

'*Ond dw i'n dweud wrthoch chi . . .*' gwaeddodd Matilda, yn gwrthod eistedd i lawr.

'Dw i'n dweud wrthot ti am gau dy geg!' rhuodd y Trunchbull. 'Os nad wyt ti'n cau dy geg ar unwaith ac yn eistedd, fe fydda i'n tynnu fy ngwregys ac fe gei di hi â'r pen sydd â'r bwcl!'

Yn araf eisteddodd Matilda. O, am ofnadwy! O'r annhegwch! Sut gallen nhw feiddio ei thaflu hi o'r ysgol am rywbeth nad oedd hi wedi'i wneud!

Teimlodd Matilda ei hunan yn gwylltio'n fwy . . . ac yn fwy . . . ac yn fwy . . . mor annioddefol o wyllt fel bod rhywbeth yn siŵr o ffrwydro y tu mewn iddi cyn hir.

Roedd y fadfall yn dal i wingo yn y gwydryn tal o ddŵr. Roedd hi'n edrych yn ofnadwy o anghyfforddus. Rhythodd Matilda ar y Trunchbull. O, roedd hi'n ei chasáu hi. Rhythodd ar y gwydryn a'r fadfall y dŵr ynddo. Roedd hi'n ysu am fartsio at y ddesg, cydio yn y gwydryn ac arllwys y cynnwys, madfall y dŵr a'r cwbl i gyd, dros ben y Trunchbull. Roedd hi'n crynu wrth feddwl beth fyddai'r Trunchbull yn ei wneud iddi petai hi'n gwneud hynny.

Roedd y Trunchbull yn eistedd y tu ôl i fwrdd yr athrawes yn syllu gyda chymysgedd o arswyd a chyfaredd ar y fadfall yn gwingo yn y gwydryn. Roedd llygaid Matilda hefyd wedi'u hoelio ar y gwydryn. A nawr, yn eithaf araf, dyma'r teimlad mwyaf rhyfeddol a rhyfedd yn dechrau sleifio dros Matilda. Roedd y teimlad yn ei llygaid yn bennaf. Roedd rhyw fath o drydan yn dechrau cronni ynddyn nhw. Roedd ymdeimlad o rym yn corddi yn ei llygaid, roedd teimlad o gryfder mawr yn crynhoi yn ddwfn yn ei llygaid. Ond roedd teimlad arall hefyd a oedd yn gwbl wahanol, ac nad oedd hi'n gallu ei ddeall. Roedd fel fflachiadau o fellt. Roedd tonnau bach o fellt fel petaen nhw'n fflachio allan o'i llygaid. Roedd pelenni ei llygaid yn dechrau poethi, fel petai grym dirfawr yn adeiladu ynddyn nhw yn rhywle. Roedd yn deimlad anhygoel. Cadwodd ei llygaid yn gadarn ar y gwydryn, a nawr roedd y grym yn canolbwyntio ei hun yn un rhan fach o bob llygad ac yn cryfhau a chryfhau ac roedd hi'n teimlo fel petai miliynau o freichiau bach pitw anweledig â dwylo arnyn nhw yn saethu allan o'i llygaid tuag at y gwydryn roedd hi'n rhythu arno.

'*Tro fe!*' sibrydodd Matilda. '*Tro fe drosodd!*'

Gwelodd hi'r gwydryn yn siglo. Aeth am 'nôl ryw fymryn bach, ac yna sythu ei hunan eto. Daliodd ati i wthio arno â'r holl filiynau o freichiau a dwylo bach anweledig a oedd yn ymestyn allan o'i llygaid, gan deimlo'r grym a oedd yn fflachio'n syth o'r ddwy gannwyll fach ddu yn union yng nghanol pelenni ei llygaid.

159

'*Tro fe!*' sibrydodd hi eto. '*Tro fe drosodd!*'

Unwaith eto siglodd y gwydryn. Gwthiodd hi'n galetach eto, gan orfodi ei llygaid i saethu rhagor o rym allan. Ac yna, yn araf araf bach, mor araf fel mai prin y gallai weld y peth yn digwydd, dyma'r gwydryn yn dechrau pwyso am 'nôl, yn bellach ac yn bellach am 'nôl hyd nes ei fod yn cydbwyso ar un ymyl yn unig o'i waelod. A dyna lle buodd e'n siglo am rai eiliadau cyn troi drosodd o'r diwedd a chwympo dan dincial yn swnllyd ar ben y bwrdd. Dyma'r dŵr ynddo a'r fadfall winglyd yn tasgu allan dros fynwes enfawr Miss Trunchbull. Rhoddodd y Brifathrawes waedd a oedd wedi ysgwyd pob gwydr ffenest yn yr adeilad, mae'n siŵr, ac am yr ail waith yn y pum munud diwethaf dyma hi'n saethu allan o'i chadair fel roced. Daliodd y fadfall yn wyllt yn y smoc gotwm lle roedd yn mynd dros y fynwes fawr a dyna lle y cydiodd â'i thraed bach fel crafangau. Edrychodd y Trunchbull i lawr a'i gweld hi a dyma hi'n bloeddio hyd yn oed yn uwch. A tharo ei llaw fel bod y creadur yn hedfan ar draws yr ystafell ddosbarth. Glaniodd ar y llawr yn ymyl desg Lavender ac yn gyflym iawn plygodd i lawr a'i chodi a'i rhoi yn ei blwch pensiliau at y tro nesaf. Roedd madfall y dŵr, penderfynodd, yn rhywbeth defnyddiol.

Roedd y Trunchbull, a'i hwyneb yn fwy fel ham wedi berwi nag erioed, yn sefyll o flaen y dosbarth yn crynu gan ddicter. Roedd ei mynwes anferth yn symud i mewn ac allan ac roedd y dŵr a dasgodd i lawr ei blaen yn ffurfio darn gwlyb tywyll a oedd, mae'n debyg, wedi'i gwlychu at ei chroen.

'*Pwy wnaeth hyn?*' rhuodd. '*Dewch! Cyfaddefwch! Dewch fan hyn! Chewch chi ddim dianc y tro hwn! Pwy sy'n gyfrifol am y gwaith budr yma? Pwy wthiodd y gwydryn drosodd?*'

Atebodd neb. Arhosodd yr ystafell gyfan yn dawel fel y bedd.

'Matilda!' rhuodd. 'Ti wnaeth! Dw i'n gwybod mai ti wnaeth!'

Eisteddodd Matilda, yn yr ail res, yn llonydd iawn a dweud dim. Roedd teimlad rhyfedd o dawelwch a hyder yn ysgubo drosti ac yn sydyn dyma hi'n sylweddoli nad oedd neb yn y byd yn codi ofn arni. Â grym ei llygaid yn unig roedd hi wedi gorfodi gwydraid o ddŵr i droi drosodd ac arllwys ei gynnwys dros y Brifathrawes ofnadwy, ac roedd unrhyw un allai wneud hynny yn gallu gwneud unrhyw beth.

'Dwed rywbeth, y grachen ffiaidd!' rhuodd y Trunchbull. 'Cyfaddefa mai ti wnaeth!'

Edrychodd Matilda yn syth i fyw llygaid pefriog y gawres gynddeiriog a dweud yn hollol lonydd, 'Dw i ddim wedi symud o'r ddesg, Miss Trunchbull, ers i'r wers ddechrau. Alla i ddim dweud mwy.'

Yn sydyn roedd y dosbarth cyfan fel petai'n codi yn erbyn y Brifathrawes. 'Symudodd hi ddim!' gwaeddon nhw. 'Symudodd Matilda ddim! Symudodd neb! Rhaid mai chi drodd e drosodd eich hunan!'

'Yn sicr nid fi drodd e drosodd fy hunan!' rhuodd y Trunchbull. 'Rhag eich cywilydd chi am awgrymu'r fath beth! Dwedwch rywbeth, Miss Honey! Mae'n rhaid eich bod chi wedi gweld popeth! Pwy drodd fy ngwydryn drosodd?'

'Dim un o'r plant, Miss Trunchbull,' atebodd Miss Honey. 'Fe alla i dystio nad oes neb wedi symud o'i ddesg drwy'r amser rydych chi wedi bod yma, heblaw am Nigel, a dydy e ddim wedi symud o'i gornel.'

Rhythodd Miss Trunchbull ar Miss Honey. Edrychodd Miss Honey arni heb ildio. 'Dw i'n dweud y gwir wrthoch chi, Brifathrawes,' meddai. 'Rhaid eich bod chi wedi'i droi drosodd heb yn wybod i chi. Mae'n hawdd gwneud pethau fel 'na.'

'Dw i wedi cael llond bol arnoch chi'r criw corachod di-werth!' rhuodd y Trunchbull. 'Dw i'n gwrthod gwastraffu rhagor o amser prin fan hyn!' Ac ar hynny dyma hi'n martsio allan o'r ystafell ddosbarth, gan gau'r drws yn glep y tu ôl iddi.

Yn y tawelwch syfrdan a ddilynodd hynny, cerddodd Miss Honey i flaen y dosbarth a sefyll y tu ôl i'w bwrdd. 'Whiw!' meddai. 'Dw i'n credu ein bod ni wedi cael digon am un diwrnod, on'd ydyn ni? I ffwrdd â chi! Fe gewch chi i gyd fynd allan i'r buarth ac aros i'ch rhieni ddod i'ch hebrwng chi adref.'

Yr Ail Wyrth

Aeth Matilda ddim i ymuno â'r rhuthr i fynd allan o'r ystafell ddosbarth. Ar ôl i'r plant eraill i gyd ddiflannu, arhosodd wrth ei desg, yn dawel a meddylgar. Gwyddai fod rhaid iddi ddweud wrth rywun am y digwyddiad gyda'r gwydryn. Allai hi ddim cadw cyfrinach enfawr fel yna'n cronni y tu mewn iddi. Roedd angen un person arni, un oedolyn doeth a llawn cydymdeimlad, a allai ei helpu i ddeall ystyr y digwyddiad rhyfeddol hwn.

Fyddai ei mam na'i thad ddim o unrhyw werth o gwbl. Petaen nhw'n credu ei stori, ac roedd hynny'n amheus, fe fydden nhw bron yn sicr yn methu sylweddoli pa fath o ddigwyddiad aruthrol oedd wedi digwydd yn yr ystafell ddosbarth y prynhawn hwnnw. Yn y fan a'r lle, penderfynodd Matilda mai Miss Honey oedd yr un person yr hoffai ymddiried ynddi.

Matilda a Miss Honey oedd yr unig ddwy oedd ar ôl yn yr ystafell ddosbarth bellach. Roedd Miss Honey wedi eistedd wrth ei bwrdd ac yn pori drwy ryw bapurau. Edrychodd i fyny a dweud, 'Wel, Matilda, dwyt ti ddim yn mynd allan gyda'r lleill?'

Meddai Matilda, 'Gaf i siarad â chi am eiliad, os gwelwch chi'n dda?'

'Wrth gwrs y cei di. Beth sy'n dy boeni di?'

'Mae rhywbeth rhyfedd iawn wedi digwydd i mi, Miss Honey.'

Deffrodd Miss Honey drwyddi'n syth. Fyth ers y ddau gyfarfod trychinebus roedd hi wedi'u cael yn ddiweddar am Matilda, y cyntaf â'r Brifathrawes a'r ail gyda'r Mr a Mrs Wormwood ofnadwy, roedd Miss Honey wedi bod yn meddwl cryn dipyn am y plentyn hwn a tybed sut gallai ei helpu. A nawr, dyma Matilda'n eistedd yn yr ystafell ddosbarth â golwg ryfedd o gynhyrfus ar ei hwyneb ac yn gofyn a allai hi gael sgwrs breifat. Doedd Miss Honey erioed wedi'i gweld hi'n edrych mor syn a rhyfedd o'r blaen.

'Ie, Matilda,' meddai. 'Dwed wrtha i beth sydd wedi digwydd i ti sydd mor rhyfedd?'

'Dydy Miss Trunchbull ddim yn mynd i fy anfon i o'r ysgol, ydy hi?' gofynnodd Matilda. 'Achos nid fi roddodd y creadur 'na yn ei jwg ddŵr. Dw i'n addo i chi nad fi wnaeth.'

'Dw i'n gwybod nad ti wnaeth,' meddai Miss Honey.

'Ydw i'n mynd i gael fy anfon o'r ysgol?'

'Dw i ddim yn meddwl hynny,' meddai Miss Honey. 'Aeth y Brifathrawes braidd yn rhy gyffrous, dyna i gyd.'

'Da iawn,' meddai Matilda. 'Ond nid am hynny dw i eisiau siarad â chi.'

'Am beth rwyt ti eisiau siarad â mi, Matilda?'

'Dw i eisiau siarad â chi am y gwydryn dŵr â'r creadur ynddo fe,' meddai Matilda. 'Fe weloch chi fe'n arllwys dros Miss Trunchbull i gyd, on'd do fe?'

'Do'n wir.'

'Wel, Miss Honey, chyffyrddais i ddim ag e. Es i ddim yn agos ato.'

'Dw i'n gwybod hynny,' meddai Miss Honey. 'Fe glywaist ti fi'n dweud wrth y Brifathrawes na allet ti fyth fod wedi gwneud.'

'A, ond fi *wnaeth*, Miss Honey,' meddai Matilda. 'Am hynny'n union dw i eisiau siarad â chi.'

Oedodd Miss Honey ac edrych yn ofalus ar y plentyn. 'Dw i ddim yn meddwl fy mod i'n dy ddeall di'n hollol,' meddai.

'Fe es i mor wyllt oherwydd fy mod i'n cael fy nghyhuddo o wneud rhywbeth nad o'n i wedi'i wneud fel y gwnes i iddo fe ddigwydd.'

'Fe wnest ti i beth ddigwydd, Matilda?'

'Fe wnes i i'r gwydryn droi drosodd.'

'Dw i'n dal ddim yn deall yn hollol beth rwyt ti'n feddwl,' meddai Miss Honey yn dawel.

'Fe ddefnyddiais i fy llygaid,' meddai Matilda. 'Ro'n i'n syllu arno fe ac yn dymuno iddo fe droi drosodd ac wedyn aeth fy llygaid i'n boeth ac yn rhyfedd a daeth rhyw fath o rym allan ohonyn nhw a dyma'r gwydryn yn troi drosodd.'

Daliodd Miss Honey i edrych ar Matilda drwy ei sbectol rhimyn dur a daliodd Matilda i edrych 'nôl arni hithau'r un fath.

'Dw i ddim yn dy ddeall di o hyd,' meddai Miss Honey. 'Wyt ti'n meddwl dy fod ti wedi gorfodi'r gwydryn i droi drosodd?'

'Ydw,' meddai Matilda. 'Gan ddefnyddio fy llygaid.'

Roedd Miss Honey yn dawel am eiliad. Doedd hi ddim yn meddwl bod Matilda'n bwriadu dweud celwydd. Roedd hi'n fwy tebygol ei bod hi'n gadael i'w dychymyg byw redeg yn wyllt. 'Rwyt ti'n meddwl dy fod ti'n eistedd lle rwyt ti nawr a dy fod ti wedi dweud wrth y gwydryn am droi drosodd, a dyna beth wnaeth e?'

'Rhywbeth fel yna, Miss Honey, ie.'

'Os gwnest ti hynny, wedyn dyna'r wyrth fwyaf, fwy neu lai, y mae person wedi'i gwneud ers cyfnod Iesu.'

'Fe wnes i fe, Miss Honey.'

Mae'n rhyfeddol, meddyliodd Miss Honey, pa mor aml mae plant bach yn dychmygu pethau fel hyn. Penderfynodd roi diwedd arni mor dyner â phosibl. 'Allet ti ei wneud e eto?' gofynnodd, heb fod yn angharedig.

'Dw i ddim yn gwybod,' meddai Matilda, 'ond dw i'n credu y gallwn i.'

Symudodd Miss Honey y gwydryn a oedd bellach yn wag i ganol y bwrdd. 'A ddylwn i roi dŵr ynddo fe?' gofynnodd, gan wenu ychydig.

'Dw i ddim yn credu bod gwahaniaeth,' meddai Matilda.

'Da iawn, felly. Tro di fe drosodd.'

'Fe allai gymryd peth amser.'

'Cymer di faint bynnag o amser fynni di,' meddai Miss Honey. 'Does dim brys arna i.'

Dyma Matilda, oedd yn eistedd yn yr ail res ryw ddeg troedfedd oddi wrth Miss Honey, yn rhoi ei phenelin-oedd ar y ddesg a'i hwyneb yng nghwpan ei dwylo, a'r tro hwn rhoddodd y gorchymyn ar y dechrau'n deg, '*Tro drosodd, wydryn, tro trosodd!*' gorchmynnodd, ond symudodd ei gwefusau ddim a wnaeth hi ddim sŵn. Y cyfan wnaeth hi oedd gweiddi'r geiriau yn ei phen. A nawr canolbwyntiodd ei meddwl i gyd a'i hymennydd a'i hewyllys i fyny i'w llygaid ac unwaith eto, ond yn llawer cynt nag o'r blaen, teimlodd y trydan yn crynhoi ac roedd y grym yn dechrau ymchwyddo a'r poethder yn dod i belenni'r llygaid, ac yna roedd y miliynau o freichiau anweledig pitw a dwylo arnyn nhw'n saethu allan tuag at y gwydryn, a heb wneud unrhyw sŵn o gwbl daliodd ati i weiddi y tu mewn i'w phen ar i'r gwydryn droi drosodd. Gwelodd e'n siglo, yna gwyrodd, yna trodd drosodd a chwympo dan dincial ar ben y bwrdd lai na deuddeg modfedd o ble roedd Miss Honey'n eistedd â'i breichiau wedi'u croesi.

Agorodd ceg Miss Honey led y pen ac aeth ei llygaid mor fawr fel y gallet ti weld gwyn ei llygaid i gyd. Ddwedodd hi ddim gair. Allai hi ddim. Roedd y sioc o weld y wyrth yn cael ei gwneud wedi'i syfrdanu. Syllodd yn gegrwth ar y gwydryn, gan bwyso 'nôl yn ddigon pell oddi wrtho fel petai'n beth peryglus. Yna'n araf, cododd ei phen ac edrych ar Matilda. Gwelodd y plentyn a'i hwyneb yn welw, yn wyn fel papur, yn crynu drosti, ei llygaid wedi pylu, yn syllu'n syth o'i blaen ac yn gweld dim. Roedd ei hwyneb i gyd wedi'i wedd-newid, ei llygaid yn grwn a disglair, ac roedd hi'n eistedd yno'n fud, yn eithaf hardd yn y tawelwch llethol.

Arhosodd Miss Honey, gan grynu ychydig ei hunan a gwylio'r plentyn wrth iddi ddod yn ôl yn ymwybodol yn raddol. Ac yna'n sydyn, aeth ei hwyneb *clic* fel ei bod yn edrych yn llonydd fel seraff. 'Dw i'n iawn,' meddai a

gwenu. 'Dw i'n iawn, wir, Miss Honey, felly peidiwch â chael ofn.'

'Roeddet ti'n edrych mor bell i ffwrdd,' sibrydodd Miss Honey, wedi rhyfeddu.

'O, oeddwn. Roeddwn i'n hedfan heibio i'r sêr ar adenydd arian,' meddai Matilda. 'Roedd e'n wych.'

Roedd Miss Honey yn dal i syllu ar y plentyn mewn rhyfeddod llwyr, fel petai hi oedd Y Creu, Dechrau'r Byd, Y Bore Cyntaf.

'Fe ddigwyddodd popeth yn llawer cynt y tro hwn,' meddai Matilda'n dawel.

'Dydy hyn ddim yn bosibl!' meddai Miss Honey dan ebychu. 'Dw i ddim yn credu'r peth! Dw i wir ddim yn credu'r peth!' Caeodd ei llygaid a'u cadw ynghau am gryn dipyn, a phan agorodd hi nhw o'r diwedd, roedd hi fel petai wedi ymdawelu. 'Hoffet ti ddod 'nôl i gael te yn fy mwthyn i?' gofynnodd.

'O, fe fyddwn i'n dwlu ar hynny,' meddai Matilda.

'Da iawn. Cer i nôl dy bethau ac fe gwrdda i â ti'r tu allan ymhen ychydig funudau.'

'Ddwedwch chi ddim wrth neb am . . . am y peth yma wnes i, na wnewch, Miss Honey?'

'Fyddwn i ddim yn breuddwydio am wneud y fath beth,' meddai Miss Honey.

Bwthyn Miss Honey

Daeth Miss Honey at Matilda y tu allan i gatiau'r ysgol a cherddodd y ddwy yn dawel drwy Stryd Fawr y pentref. Aethon nhw heibio i'r siop lysiau â'r ffenest yn llawn afalau ac orenau, a'r cigydd â lympiau gwaedlyd o gig yn cael eu harddangos a chyw iâr noeth yn hongian, a'r banc bychan, a siop y groser a'r siop drydanol, ac yna daethon nhw allan ym mhen draw'r pentref ar heol fach y wlad lle doedd dim pobl mwyach a dim ond ychydig o geir.

A hwythau bellach ar eu pennau eu hunain, dyma Matilda'n sydyn yn bywiogi'n wyllt. Roedd fel petai falf wedi ffrwydro y tu mewn iddi a bod llif mawr o egni'n cael ei ryddhau. Roedd hi'n prancio wrth ochr Miss Honey gan hercian yn wyllt ac roedd ei bysedd yn hedfan fel petai hi'n eu taflu i'r pedwar gwynt ac roedd ei geiriau'n tanio fel tân gwyllt, yn rhyfeddol o gyflym. Roedd hi'n Miss Honey hyn a Miss Honey y llall a Miss Honey dw i wir yn meddwl y gallwn i symud unrhyw beth yn y byd, bron, nid dim ond troi gwydrau a phethau bach fel yna drosodd . . . dw i'n teimlo y gallwn i droi byrddau a chadeiriau drosodd, Miss Honey . . . Hyd yn oed pan fydd pobl yn eistedd yn y cadeiriau dw i'n meddwl y gallwn i eu gwthio nhw drosodd, a phethau mwy hefyd, pethau llawer mwy na chadeiriau a byrddau . . . Does ond rhaid i mi gael eiliad i gael fy llygaid yn gryf ac wedyn dw i'n gallu ei

wthio allan, y cryfder yma, ar unrhyw beth o gwbl dim
ond i mi syllu arno'n ddigon caled . . . mae'n rhaid i
mi syllu arno'n galed iawn, Miss Honey, yn galed iawn
iawn, ac wedyn dw i'n gallu ei deimlo i gyd yn digwydd
y tu ôl i'm llygaid, ac mae fy llygaid yn mynd yn boeth
fel petaen nhw'n llosgi ond does dim ots gen i o gwbl
am hynny, a Miss Honey . . .'

'Gan bwyll, blentyn, gan bwyll,' meddai Miss Honey. 'Gad i ni beidio cyffroi gormod mor gynnar â hyn.'

'Ond rydych chi'n meddwl ei fod e'n *ddiddorol*, on'd ydych chi, Miss Honey?'

'O, mae'n *ddiddorol*, siŵr iawn,' meddai Miss Honey. 'Mae'n *fwy* na diddorol. Ond rhaid i ni droedio'n ofalus iawn o hyn allan, Matilda.'

'Pam mae'n rhaid i ni droedio'n ofalus, Miss Honey?'

'Achos rydyn ni'n chwarae â grymoedd dirgel, 'mhlentyn i, nad ydyn ni'n gwybod dim amdanyn nhw. Dw i ddim yn meddwl eu bod nhw'n rhai drwg. Efallai eu bod nhw'n rhai da. Gallen nhw hyd yn oed fod yn rhai dwyfol. Ond p'un a ydyn nhw ai peidio, gad i ni eu trafod nhw'n ofalus.'

Geiriau doeth iawn gan hen aderyn doeth oedd y rhain, ond roedd Matilda'n rhy gyffrous i weld hynny. 'Dw i ddim yn gweld pam mae'n rhaid i ni fod mor ofalus,' meddai, gan ddal i brancio o gwmpas.

'Dw i'n ceisio egluro i ti,' meddai Miss Honey yn amyneddgar, 'ein bod ni'n trafod rhywbeth nad ydyn ni'n gwybod beth yw e. Mae'n rhywbeth nad ydyn ni'n gallu ei egluro. Ffenomenon yw'r gair cywir amdano fe. Ffenomenon yw e.'

'Ydw i'n ffenomenon?' gofynnodd Matilda.

'Mae'n ddigon posibl dy fod ti,' meddai Miss Honey. 'Ond fe fyddai'n well gen i petaet ti ddim yn meddwl am dy hunan fel unrhyw beth arbennig ar hyn o bryd. Yr hyn ro'n i'n meddwl y gallen ni ei wneud yw archwilio'r ffenomenon yma ychydig ymhellach, dim ond y ddwy ohonon ni gyda'n gilydd, ond gan wneud yn siŵr ein bod ni'n mynd â phethau gan bwyll bach bob amser.'

'Ydych chi eisiau i mi wneud ychydig bach mwy ohono fe, felly, Miss Honey?'

'Dyna'r hyn dw i'n cael fy nhemtio i'w awgrymu,' meddai Miss Honey yn ofalus.

'Da iawn,' meddai Matilda.

'Dw i fy hunan,' meddai Miss Honey, 'yn siŵr o fod yn rhyfeddu llawer mwy at yr hyn wnest ti na ti dy hunan, a dw i'n ceisio dod o hyd i ryw eglurhad rhesymol.'

'Fel beth?' gofynnodd Matilda.

'Fel a oes gan y peth rywbeth i'w wneud â'r ffaith dy fod ti'n eithriadol o henaidd ai peidio.'

'Beth yn union yw ystyr y gair yna?' meddai Matilda.

'Mae plentyn henaidd,' meddai Miss Honey, 'yn blentyn sy'n dangos deallusrwydd rhyfeddol yn gynnar. Rwyt ti'n blentyn anhygoel o henaidd.'

'Ydw i wir?' gofynnodd Matilda.

'Wrth gwrs dy fod ti. Rhaid dy fod ti'n ymwybodol o hynny. Edrych ar dy ddarllen di. Edrych ar dy fathemateg di.'

'Mae'n debyg eich bod chi'n iawn,' meddai Matilda.

Roedd Miss Honey yn rhyfeddu at ddiffyg balchder a hunanymwybyddiaeth y plentyn.

'Alla i ddim peidio meddwl,' meddai hi, 'tybed a yw'r gallu sydyn yma sydd wedi dod i ti, i symud gwrthrych heb gyffwrdd ag e, a oes ganddo rywbeth i'w wneud â gallu dy ymennydd di.'

'Rydych chi'n meddwl efallai nad oes lle yn fy mhen i'r holl ymennydd, felly mae'n rhaid i rywbeth wthio allan?'

'Nid dyna'n union ro'n i'n feddwl,' meddai Miss Honey, a gwenu. 'Ond beth bynnag ddigwydd, a dw i'n ei ddweud e eto, mae'n rhaid i ni droedio'n ofalus o hyn allan. Dw i ddim wedi anghofio'r disgleirdeb rhyfedd a phell ar dy wyneb di ar ôl i ti droi'r gwydryn diwethaf drosodd.'

'Ydych chi'n meddwl y gallai wneud drwg i mi? Ai dyna beth rydych chi'n feddwl, Miss Honey?'

'Fe wnaeth e i ti deimlo'n eithaf rhyfedd, on'd do?'

'Fe wnaeth i mi deimlo'n hyfryd,' meddai Matilda. 'Am eiliad neu ddwy ro'n i'n hedfan heibio i'r sêr ar adenydd arian. Fe ddwedais i hynny wrthoch chi. A gaf i ddweud rhywbeth arall wrthoch chi, Miss Honey? Roedd e'n haws yr ail dro, yn haws o lawer. Dw i'n credu ei fod e fel unrhyw beth arall, po fwyaf rydych chi'n ymarfer, hawsaf yw e.'

Roedd Miss Honey yn cerdded yn araf fel y gallai'r plentyn bach ddal i fyny â hi heb drotian yn rhy gyflym, ac roedd hi'n heddychlon iawn allan ar yr heol gul wedi iddyn nhw fynd drwy'r pentref. Roedd hi'n brynhawn euraid o hydref ac roedd mwyar ac ambell fflach o farf yr hen ŵr yn y cloddiau, ac roedd aeron y ddraenen wen yn aeddfedu'n goch i'r adar pan fyddai'r gaeaf yn dod. Roedd coed tal yma a thraw ar y naill ochr a'r llall, coed derw, coed sycamor ac ynn ac ambell gastanwydden felys. Dywedodd Miss Honey, a oedd eisiau newid y pwnc am eiliad, enwau bob un o'r rhain wrth Matilda a'i dysgu i'w hadnabod wrth siâp eu dail a phatrwm y rhisgl ar eu boncyff. Gwrandawodd Matilda ar hyn i gyd a rhoi'r wybodaeth i gadw'n ofalus yn ei meddwl.

Daethon nhw o'r diwedd at fwlch yn y clawdd ar ochr chwith yr heol lle roedd clwyd bren. 'Y ffordd yma,' meddai Miss Honey, ac agorodd y glwyd ac arwain Matilda drwyddi a'i chau eto. Roedden nhw bellach yn cerdded ar hyd lôn gul nad oedd yn fwy na llwybr cert tyllog. Roedd clawdd uchel o goed cyll ar bob ochr a gallet ti weld clymau o gnau brown aeddfed yn eu siacedi gwyrdd. Byddai'r gwiwerod yn eu casglu i gyd yn fuan iawn, meddai Miss Honey, ac yn eu storio'n ofalus gogyfer â'r misoedd llwm i ddod.

'Ydych chi'n golygu eich bod chi'n *byw* i lawr fan hyn?' gofynnodd Matilda.

'Ydw,' atebodd Miss Honey, ond ddwedodd hi ddim rhagor.

Doedd Matilda erioed wedi aros i feddwl ble gallai Miss Honey fod yn byw. Roedd hi bob amser wedi meddwl amdani fel athrawes yn unig, person a oedd wedi ymddangos o unman, a oedd yn dysgu yn yr ysgol

ac yna'n mynd i ffwrdd eto. A yw unrhyw un ohonon ni blant, meddyliodd, byth yn aros i ofyn i ni ein hunain ble mae ein hathrawon yn mynd pan fydd yr ysgol ar ben am y diwrnod? Ydyn ni'n meddwl tybed a ydyn nhw'n byw ar eu pennau eu hunain, neu a oes mam gartref neu chwaer neu ŵr? 'Ydych chi'n byw ar eich pen eich hunan, Miss Honey?' gofynnodd.

'Ydw,' meddai Miss Honey. 'Ydw, yn wir.'

Roedden nhw'n cerdded dros dyllau mwdlyd y lôn oedd wedi'u crasu gan yr haul ac roedd rhaid i ti ofalu ble roeddet ti'n rhoi dy droed os nad oeddet ti eisiau troi dy figwrn. Roedd ychydig o adar mân yng nghangau'r coed cyll ond dyna i gyd.

'Dim ond bwthyn gwas fferm yw e,' meddai Miss Honey. 'Paid â disgwyl gormod. Rydyn ni bron â chyrraedd.'

Daethon nhw at glwyd fach werdd wedi hanner ei chladdu yn y clawdd ar y dde a bron wedi'i chuddio

gan gangau'r cyll oedd yn bargodi drosodd. Oedodd Miss Honey ag un llaw ar y glwyd a dweud, 'Dyna fe. Dyna lle dw i'n byw.'

Gwelodd Matilda lwybr cul yn arwain at fwthyn pitw o frics coch. Roedd y bwthyn mor fach fel ei fod yn edrych yn fwy fel tŷ dol na lle i bobl fyw. Roedd y brics yn hen a bregus ac yn goch golau iawn. Roedd to llechi llwyd iddo ac un simnai fach, ac roedd dwy ffenest fach yn y blaen. Doedd pob ffenest yn ddim mwy na maint dalen o bapur newydd poblogaidd ac roedd hi'n amlwg nad oedd ystafelloedd lan lofft. Bob ochr i'r llwybr roedd anialwch o ddanadl poethion a drysi a phorfa brown hir. Roedd derwen enfawr yn bwrw ei chysgod dros y bwthyn. Roedd ei changhennau mawr fel petaen nhw'n lapio ac yn cofleidio'r adeilad pitw, ac efallai'n ei guddio hefyd rhag gweddill y byd.

Dyma Miss Honey, ag un llaw ar y glwyd nad oedd hi wedi'i hagor eto, yn troi at Matilda a dweud, 'Ryw dro ysgrifennodd bardd o'r enw Dylan Thomas rai llinellau y bydda i'n meddwl amdanyn nhw bob tro dw i'n cerdded i fyny'r llwybr hwn.'

Arhosodd Matilda, a dechreuodd Miss Honey adrodd y gerdd mewn llais araf digon rhyfeddol:

'Never and never, my girl riding far and near
In the land of the hearthstone tales, and spelled
    asleep,
Fear or believe that the wolf in the sheepwhite hood
Loping and bleating roughly and blithely shall
    leap, my dear, my dear,

178

Out of a lair in the flocked leaves in the dew
    dipped year
To eat your heart in the house in the rosy wood.'

Bu eiliad o dawelwch, ac roedd Matilda, nad oedd
wedi clywed barddoniaeth ramantaidd wych yn cael ei
hadrodd yn uchel erioed o'r blaen, wedi'i chyffwrdd yn
fawr. 'Mae e fel cerddoriaeth,' sibrydodd.

'Cerddoriaeth yw e,' meddai Miss Honey. Ac yna, fel petai'n teimlo embaras oherwydd iddi ddatgelu rhan mor gyfrinachol o'i hunan, gwthiodd y glwyd ar agor yn gyflym a cherdded i fyny'r llwybr. Petrusodd Matilda. Roedd ychydig o ofn y lle arni nawr. Roedd yn ymddangos mor afreal ac anghysbell a rhyfedd ac yn hollol bell o'r byd hwn. Roedd fel darlun yn un o storïau Grimm neu Hans Andersen. Dyma'r tŷ lle roedd y torrwr coed tlawd yn byw gyda Hansel a Gretel a lle roedd mam-gu Hugan Goch Fach yn byw a hefyd dyma dŷ'r Saith Corrach a'r Tri Arth a'r gweddill i gyd. Roedd yn rhywbeth mewn stori dylwyth teg.

'Dere, 'merch fach i,' galwodd Miss Honey arni, a dilynodd Matilda hi i fyny'r llwybr.

Roedd paent gwyrdd caenog dros y drws a doedd dim twll clo. Y cyfan wnaeth Miss Honey oedd codi'r glicied a gwthio'r drws ar agor a mynd i mewn. Er nad oedd hi'n fenyw dal, roedd rhaid iddi blygu'n isel i fynd drwy'r drws. Aeth Matilda ar ei hôl hi a chael ei hunan mewn lle oedd fel twnnel cul tywyll.

'Fe gei di ddod drwodd i'r gegin a'm helpu i wneud te,' meddai Miss Honey, a dyma hi'n arwain y ffordd ar hyd y twnnel i'r gegin – hynny yw, os gallet ti ei galw hi'n gegin. Doedd hi ddim yn llawer mwy na chwpwrdd dillad gweddol o faint ac roedd un ffenest fach yn y cefn a sinc o dan y ffenest, ond doedd dim tapiau dros y sinc. Yn erbyn wal arall roedd silff, i baratoi bwyd mae'n debyg, ac roedd un cwpwrdd uwchben y silff. Ar y silff ei hunan roedd stof Primus, sosban a photel hanner llawn o laeth. Stof gwersylla fach yw Primus;

rwyt ti'n ei llenwi â pharaffin ac rwyt ti'n ei chynnau ar y top ac yna'n ei phwmpio i gael pwysedd i'r fflam.

'Fe gei di fynd i nôl dŵr i mi tra bydda i'n cynnau'r Primus,' meddai Miss Honey. 'Mae'r ffynnon allan yn y cefn. Cymer y bwced. Dyma fe. Fe weli di raff yn y ffynnon. Bacha'r bwced wrth ben y rhaff a'i ollwng i lawr, ond paid â chwympo i mewn dy hunan.' Dyma Matilda, yn fwy dryslyd byth, yn cymryd y bwced ac yn ei gario allan i'r ardd gefn. Roedd to bach pren dros y ffynnon a dyfais weindio syml ac roedd y rhaff yn hongian i lawr i dwll du diwaelod. Tynnodd Matilda'r rhaff a bachu dolen y bwced wrthi. Wedyn gollyngodd y bwced tan iddi glywed sblash ac i'r rhaff fynd yn llac. Tynnodd ef i fyny eto ac yn wir, roedd dŵr yn y bwced.

'Ydy hyn yn ddigon?' gofynnodd, wrth ei gario i mewn.

'Fwy neu lai,' meddai Miss Honey. 'Dw i'n siŵr nad wyt ti wedi gwneud hynny erioed o'r blaen, wyt ti?'

'Erioed,' meddai Matilda. 'Mae'n hwyl. Sut rydych chi'n cael digon o ddŵr i gael bath?'

'Dw i ddim yn cael bath,' meddai Miss Honey. 'Dw i'n ymolchi yn fy sefyll. Dw i'n nôl llond bwcedaid o ddŵr a dw i'n ei dwymo ar y stof fach yma a dw i'n tynnu fy nillad ac yn ymolchi i gyd.'

'Ydych chi wir yn gwneud hynny?' gofynnodd Matilda.

'Wrth gwrs fy mod i,' meddai Miss Honey. 'Roedd pob person tlawd yn Lloegr yn arfer ymolchi fel yna hyd at yn ddiweddar iawn. A doedd ganddyn *nhw* ddim stof Primus. Roedd rhaid iddyn nhw dwymo'r dŵr dros y tân yn yr aelwyd.'

'Ydych *chi*'n dlawd, Miss Honey?'

'Ydw,' meddai Miss Honey. 'Yn dlawd iawn. Mae hi'n stof fach dda iawn, on'd yw hi?' Roedd y stof Primus yn rhuo â fflam las bwerus ac roedd y dŵr yn y sosban yn dechrau berwi'n barod. Aeth Miss Honey i nôl tebot o'r cwpwrdd a rhoi dail te ynddo. Hefyd daeth o hyd i hanner torth fach o fara brown. Torrodd ddwy dafell fach ac yna, o botyn plastig, cymerodd fargarîn a'i daenu ar y bara.

Margarîn, meddyliodd Matilda. Rhaid ei bod hi'n wirioneddol dlawd.

Daeth Miss Honey o hyd i hambwrdd a rhoddodd ddau gwpan arno, y tebot, yr hanner potelaid o laeth a'r plât a'r ddwy dafell o fara. 'Does dim siwgr gyda fi, mae arna i ofn,' meddai. 'Fydda i byth yn ei ddefnyddio fe.'

'Popeth yn iawn,' meddai Matilda. Yn ei doethineb roedd hi fel petai'n ymwybodol o sensitifrwydd y sefyllfa ac roedd hi'n ofalus iawn i beidio â dweud dim a fyddai'n codi embaras ar ei chydymaith.

'Gad i ni fwyta yn yr ystafell eistedd,' meddai Miss Honey, gan godi'r hambwrdd ac arwain y ffordd allan o'r gegin ac i lawr y twnnel bach tywyll i'r ystafell yn y ffrynt. Dilynodd Matilda hi, ond yn union y tu fewn i

183

ddrws yr 'ystafell eistedd' arhosodd a syllu o'i chwmpas mewn rhyfeddod llwyr. Roedd yr ystafell mor fach a sgwâr a gwag â chell carchar. Roedd hynny oedd yna o olau dydd gwan yn dod i mewn drwy un ffenest bitw fach yn y wal ffrynt, ond doedd dim llenni. Yr unig wrthrychau yn yr ystafell i gyd oedd dau flwch pren a'u pen i waered, oedd i fod yn gadeiriau, a thrydydd blwch rhyngddyn nhw yn fwrdd. Dyna'r cyfan. Doedd dim darluniau ar y wal, dim carped ar y llawr, dim ond ystyllod pren heb eu caboli, ac roedd bylchau rhwng yr ystyllod lle roedd llwch a darnau o faw wedi casglu. Roedd y nenfwd mor isel fel y gallai Matilda ei gyffwrdd, bron, wrth neidio. Roedd y waliau'n wyn ond doedd y gwynder ddim yn edrych fel paent. Rhwbiodd Matilda gledr ei llaw yn ei erbyn a daeth powdr gwyn yn rhydd ar ei chroen. Gwyngalch oedd e, y stwff rhad sy'n cael ei ddefnyddio mewn beudái a stablau a chytiau ieir.

Roedd Matilda yn arswydo. Ai dyma lle roedd ei hathrawes dwt a thrwsiadus yn byw go iawn? Ai dyma'r cyfan roedd ganddi i ddod 'nôl ato ar ôl diwrnod o waith? Roedd yn anghredadwy. A beth oedd y rheswm amdano? Rhaid bod rhywbeth rhyfedd iawn yn digwydd fan hyn.

Rhoddodd Miss Honey yr hambwrdd i lawr ar un o'r blychau a'u pen i waered. 'Eistedd, 'merch i, eistedd,' meddai, 'ac fe gawn ni'n dwy baned o de poeth neis. Cymer fara fel y mynnot ti. I ti mae'r ddwy dafell. Fydda i byth yn bwyta dim pan fydda i'n cyrraedd adref. Dw i'n bwyta fy ngwala o ginio ysgol ac mae hynny'n fy nghadw i fynd tan y bore canlynol.'

Eisteddodd Matilda yn ofalus ar flwch a'i ben i waered, ac er mwyn bod yn gwrtais yn fwy na dim, cymerodd dafell o fara a margarîn a dechrau ei bwyta. Gartref fe fyddai wedi cael darn o dost a menyn a jam mefus a darn o gacen sbwng i orffen, siŵr o fod. Ac eto roedd hyn yn fwy o hwyl o lawer. Roedd dirgelwch yma yn y tŷ hwn, dirgelwch mawr, doedd dim dwywaith am hynny, ac roedd Matilda'n ysu am gael gwybod beth oedd e.

Arllwysodd Miss Honey y te ac ychwanegu ychydig o laeth at y ddau gwpan. Roedd hi'n ymddangos yn gwbl gartrefol yn eistedd ar flwch a'i ben i waered mewn ystafell wag ac yn yfed te o gwpan roedd hi'n ei gydbwyso ar ei phen-glin.

'Wyddost ti,' meddai, 'dw i wedi bod yn meddwl yn ofalus iawn am yr hyn wnest ti â'r gwydryn 'na. Rwyt ti wedi cael grym arbennig iawn, 'merch i, rwyt ti'n gwybod hynny.'

'Ydw, Miss Honey, ydw,' meddai Matilda, gan gnoi'r bara a'r margarîn.

'Hyd y gwn i,' aeth Miss Honey yn ei blaen, 'does neb arall yn hanes y byd wedi gallu gwneud i wrthrych symud heb gyffwrdd ag ef neu chwythu arno neu ddefnyddio unrhyw help o'r tu allan o gwbl.'

Nodiodd Matilda ei phen ond ddwedodd hi ddim byd.

'Y peth diddorol iawn,' meddai Miss Honey, 'fyddai darganfod beth yw hyd a lled y grym yma sydd gyda ti. O, dw i'n gwybod dy fod ti'n meddwl y gelli di symud unrhyw beth, bron, ond dwi'n amau hynny.'

'Fe fyddwn i wrth fy modd yn rhoi cynnig ar rywbeth gwirioneddol enfawr,' meddai Matilda.

'Beth am bellter?' gofynnodd Miss Honey. 'A fyddai'n rhaid i ti fod yn agos at y peth fyddet ti'n ei wthio bob amser?'

'Wn i ddim, wir,' meddai Matilda. 'Ond fe fyddai hi'n hwyl cael gwybod.'

Stori Miss Honey

'Rhaid i ni beidio â brysio hyn,' meddai Miss Honey, 'felly gad i ni gael cwpanaid arall o de. A bwyta'r dafell arall o fara, wir. Rhaid bod eisiau bwyd arnat ti.'

Cymerodd Matilda yr ail dafell a dechrau ei bwyta'n araf. Doedd y margarîn ddim yn rhy wael. Roedd hi'n amau a fyddai hi wedi gallu dweud y gwahaniaeth pe na bai hi'n gwybod. 'Miss Honey,' meddai hi'n sydyn, 'ydyn nhw'n eich talu chi'n wael iawn yn ein hysgol ni?'

Edrychodd Miss Honey i fyny'n sydyn. 'Ddim yn rhy wael,' meddai. 'Dw i'n cael tua'r un faint â'r gweddill.'

'Ond mae'n rhaid mai ychydig iawn yw e os ydych chi mor ofnadwy o dlawd,' meddai Matilda. 'Ydy'r athrawon eraill i gyd yn byw fel hyn, heb ddodrefn a heb stof cegin a heb ystafell ymolchi?'

'Nac ydyn, dydyn nhw ddim,' meddai Miss Honey braidd yn brennaidd. 'Fi yw'r eithriad yn digwydd bod, dyna i gyd.'

'Mae'n debyg eich bod chi'n digwydd hoffi byw'n syml iawn,' meddai Matilda, gan brocio ychydig yn bellach. 'Rhaid ei bod hi'n llawer haws glanhau'r tŷ a does dim dodrefn i'w caboli gyda chi neu'r holl hen addurniadau bach yna o gwmpas y mae'n rhaid tynnu'r llwch oddi arnyn nhw bob dydd. Ac mae'n debyg os nad oes oergell gyda chi does dim rhaid i chi fynd allan a phrynu pob math o sothach i'w llenwi hi, fel wyau a *mayonnaise* a hufen iâ. Rhaid eich bod chi'n arbed tipyn go lew o siopa.'

Ar hynny sylweddolodd Matilda fod wyneb Miss Honey wedi mynd yn dynn ac yn rhyfedd. Roedd ei chorff i gyd wedi mynd yn stiff. Roedd ei hysgwyddau wedi'u codi'n uchel a'i gwefusau wedi'u gwasgu'n dynn at ei gilydd ac roedd hi'n eistedd gan ddal ei chwpanaid o de yn ei dwy law a syllu i lawr iddo fel petai'n ceisio chwilio am ffordd o ateb y cwestiynau hyn nad oedden nhw mor ddiniwed.

Bu tawelwch eithaf hir a llawn embaras. Mewn tri deg eiliad roedd yr awyrgylch yn yr ystafell bitw wedi newid yn llwyr a nawr roedd hi'n dirgrynu gan letchwithdod a chyfrinachau. Meddai Matilda, 'Mae'n ddrwg iawn gen i fy mod i wedi gofyn y cwestiynau 'na i chi, Miss Honey. Dyw e'n ddim o'm busnes i.'

Ar hynny, dyma Miss Honey fel petai'n deffro. Ysgydwodd ei hysgwyddau ac yna rhoddodd ei chwpan ar yr hambwrdd yn ofalus iawn.

'Pam na ddylet ti ofyn?' meddai. 'Roeddet ti'n siŵr o wneud yn y diwedd. Rwyt ti'n llawer rhy ddeallus i beidio â meddwl pam. Efallai fy mod i *eisiau* i ti ofyn hyd yn oed. Efallai mai dyna pam y rhoddais wahoddiad i ti ddod yma wedi'r cyfan. Mewn gwirionedd ti yw'r ymwelydd cyntaf i ddod i'r bwthyn ers i mi symud yma ddwy flynedd yn ôl.'

Ddwedodd Matilda ddim byd. Gallai deimlo'r tensiwn yn tyfu a thyfu yn yr ystafell.

'Rwyt ti mor hengall, 'merch fach i,' aeth Miss Honey yn ei blaen, 'fel bod hynny'n fy syfrdanu i. Er dy fod ti'n edrych fel plentyn, nid plentyn wyt ti mewn gwirionedd o gwbl, achos mae dy feddwl a dy allu i resymu'n ymddangos fel rhai oedolyn. Felly mae'n debyg y gallen ni dy alw di'n blentyn oedolyn, os wyt ti'n deall.'

Ddwedodd Matilda ddim byd o hyd. Roedd hi'n aros am yr hyn oedd yn dod nesaf.

'Hyd yn hyn,' aeth Miss Honey yn ei blaen, 'mae hi wedi bod yn amhosibl i mi siarad ag unrhyw un am fy mhroblemau. Allwn i ddim wynebu'r embaras, a beth bynnag, dw i ddim yn ddigon dewr. Roedd unrhyw ddewrder oedd gen i wedi'i guro allan ohonof i pan oeddwn i'n ifanc. Ond nawr, yn sydyn, mae gen i ryw ddymuniad gorffwyll i ddweud popeth wrth rywun. Dw i'n gwybod mai dim ond merch fach fach wyt ti, ond mae rhyw fath o hud ynot ti yn rhywle. Dw i wedi gweld y peth â'm llygaid fy hunan.'

Deffrodd Matilda drwyddi i gyd. Rhaid bod y llais roedd hi'n ei glywed yn galw am help. Rhaid ei fod. Rhaid ei fod.

Wedyn siaradodd y llais eto. 'Cymer ragor o de,' meddai. 'Dw i'n credu bod diferyn ar ôl o hyd.'

Nodiodd Matilda.

Arllwysodd Miss Honey y te i'r ddau gwpan ac ychwanegu llaeth. Unwaith eto rhoddodd ei chwpan ei hun yn ei dwylo ac eistedd yno'n sipian.

Bu tawelwch eithaf hir cyn iddi ddweud, 'Gaf i ddweud stori wrthot ti?'

'Wrth gwrs,' meddai Matilda.

'Dw i'n dair ar hugain oed,' meddai Miss Honey, 'a phan ges i fy ngeni roedd fy nhad yn feddyg yn y pentref hwn. Roedd hen dŷ braf gyda ni, un eithaf mawr, o frics coch. Mae'r tŷ'n cuddio yn y coed y tu ôl i'r bryniau. Dw i ddim yn meddwl y byddet ti'n gwybod amdano fe.'

Arhosodd Matilda'n dawel.

'Fe gefais fy ngeni yno,' meddai Miss Honey. 'Ac wedyn fe ddaeth y drychineb gyntaf. Fe fu farw fy mam pan oeddwn i'n ddwy. Roedd rhaid i 'nhad, meddyg prysur, gael rhywun i redeg y tŷ ac i ofalu amdanaf i. Felly fe wahoddodd chwaer ddibriod fy mam, fy modryb, i ddod i fyw gyda ni. Fe gytunodd hi a dod aton ni.'

Roedd Matilda yn gwrando'n astud. 'Faint oedd oedran y fodryb pan symudodd hi i mewn?' gofynnodd.

'Ddim yn hen iawn,' meddai Miss Honey. 'Tua deg ar hugain, ddwedwn i. Ond roeddwn i'n ei chasáu hi o'r dechrau'n deg. Roeddwn i'n gweld eisiau fy mam yn ofnadwy. A doedd y fodryb ddim yn berson caredig. Doedd fy nhad ddim yn gwybod hynny achos doedd e bron byth o gwmpas ond pan fyddai e'n ymddangos, fe fyddai'r fodryb yn ymddwyn yn wahanol.'

Oedodd Miss Honey a sipian ei the. 'Alla i ddim meddwl pam dw i'n dweud hyn i gyd wrthot ti,' meddai, yn llawn embaras.

'Ewch yn eich blaen,' meddai Matilda. 'Plis.'

'Wel,' meddai Miss Honey, 'wedyn fe ddaeth yr ail drychineb. Pan oeddwn i'n bump, fe fu farw fy nhad yn sydyn iawn. Un diwrnod roedd e yno a'r diwrnod canlynol roedd e wedi mynd. Felly fe ges i fy ngadael i fyw ar fy mhen fy hunan gyda fy modryb. Daeth hi'n warcheidwad cyfreithiol i mi. Roedd ganddi holl rym rhiant drosto i. Ac mewn rhyw ffordd neu'i gilydd, fe ddaeth hi'n berchennog ar y tŷ.'

'Sut bu eich tad farw?' gofynnodd Matilda.

'Mae'n ddiddorol dy fod ti'n gofyn hynny,' meddai Miss Honey. 'Roeddwn i fy hunan yn llawer rhy ifanc i amau'r peth ar y pryd, ond fe ddes i wybod yn ddiwedd-arach fod cryn dipyn o ddirgelwch am ei farwolaeth.'

'Doedden nhw ddim yn gwybod sut bu e farw?' gofynnodd Matilda.

'Wel, ddim yn union,' meddai Miss Honey, gan oedi. 'Rwyt ti'n gweld, allai neb gredu y byddai byth wedi'i wneud e. Roedd e'n ddyn mor gall a synhwyrol.'

'Gwneud beth?' gofynnodd Matilda.

'*Lladd* ei hunan.'

Roedd Matilda wedi synnu.

'Wnaeth e?' ebychodd.

'Dyna sut roedd hi'n *edrych*,' meddai Miss Honey. 'Ond pwy a ŵyr?' Cododd ei hysgwyddau a throi a syllu allan drwy'r ffenest bitw.

'Dw i'n gwybod beth rydych chi'n ei feddwl,' meddai Matilda. 'Rydych chi'n meddwl mai'r fodryb laddodd e a gwneud i'r peth edrych fel mai fe ei hunan wnaeth.'

'Dw i ddim yn meddwl dim byd,' meddai Miss Honey. 'Ddylai neb feddwl pethau fel yna heb brawf.'

Aeth yr ystafell fach yn dawel. Sylwodd Matilda fod y dwylo oedd yn cydio yn y cwpan yn crynu ychydig. 'Beth ddigwyddodd wedyn?' gofynnodd. 'Beth ddigwyddodd pan oeddech chi wedi eich gadael ar eich pen eich hunan gyda'r fodryb? Doedd hi ddim yn garedig wrthoch chi?'

'Caredig?' meddai Miss Honey. 'Roedd hi'n gnawes. Cyn gynted ag oedd fy nhad allan o'r ffordd fe fyddai hi'n troi'n hen jaden. Roedd fy mywyd yn hunllef.'

'Beth oedd hi'n ei wneud i chi?' gofynnodd Matilda.

'Dw i ddim eisiau siarad am y peth,' meddai Miss Honey. 'Mae'n rhy ofnadwy. Ond y diwedd roeddwn i'n ei hofni hi gymaint fel y byddwn i'n dechrau crynu pan fyddai hi'n dod i mewn i'r ystafell. Rhaid i ti ddeall nad oeddwn i erioed yn gymeriad cryf fel ti. Roeddwn i'n swil ac encilgar bob amser.'

'Doedd dim unrhyw berthnasau eraill gyda chi?' gofynnodd Matilda. 'Unrhyw ewythr neu fodryb neu fam-gu a fyddai'n dod i'ch gweld chi?'

'Neb roeddwn i'n gwybod amdano,' meddai Miss Honey. 'Roedden nhw i gyd naill ai wedi marw neu wedi mynd i Awstralia. A dyna fel mae hi o hyd nawr, mae arna i ofn.'

'Felly fe dyfoch chi i fyny yn y tŷ yna ar eich pen eich hun gyda'r fodryb,' meddai Matilda. 'Ond rhaid eich bod chi wedi mynd i'r ysgol.'

'Wrth gwrs,' meddai Miss Honey. 'Fe es i i'r un ysgol ag wyt ti'n mynd iddi nawr. Ond roeddwn i'n byw gartref.' Oedodd Miss Honey a syllu i lawr i'w chwpan gwag. 'Dw i'n credu mai'r hyn dw i'n ceisio'i egluro i ti,' meddai, 'yw fy mod i dros y blynyddoedd wedi cael fy llorio a'm rheoli'n llwyr gan yr anghenfil yma o fodryb fel pan fyddai hi'n rhoi gorchymyn i mi, dim gwahaniaeth beth oedd e, byddwn i'n ufuddhau iddo'n syth. Fe all hynny ddigwydd, wyddost ti. Ac erbyn i mi fod yn ddeg oed, roeddwn i'n gaethferch iddi. Fi oedd yn gwneud y gwaith tŷ i gyd. Fi oedd yn gwneud ei gwely. Roeddwn i'n golchi a smwddio iddi. Fi oedd yn gwneud y coginio i gyd. Fe ddysgais sut i wneud popeth.'

'Ond rhaid ei bod hi'n bosibl i chi gwyno wrth *rywun*?' meddai Matilda.

'Wrth bwy?' meddai Miss Honey. 'A beth bynnag, roeddwn i'n llawer rhy ofnus i gwyno. Fe ddwedais i wrthot ti, roeddwn i'n gaethferch iddi.'

'Oedd hi'n eich curo chi?'

'Dw i ddim eisiau sôn am fanylion,' meddai Miss Honey.

'Dyna *ofnadwy*,' meddai Matilda. 'Oeddech chi'n crio bron drwy'r amser?'

'Dim ond pan oeddwn i'n unig,' meddai Miss Honey. 'Doeddwn i ddim yn cael crio o'i blaen hi. Ond roeddwn i'n byw mewn ofn.'

'Beth ddigwyddodd pan adawoch chi'r ysgol?' gofynnodd Matilda.

'Roeddwn i'n ddisgybl deallus,' meddai Miss Honey. 'Fe allwn i fod wedi mynd i'r brifysgol yn hawdd. Ond doedd hynny ddim yn bosibl o gwbl.'

'Pam lai, Miss Honey?'

'Achos roedd fy angen i gartref i wneud y gwaith.'

'Wedyn sut aethoch chi'n athrawes?' gofynnodd Matilda.

'Mae Coleg Hyfforddi Athrawon yn Reading,' meddai Miss Honey. 'Dim ond taith pedwar deg munud ar y bws o fan hyn. Roeddwn i'n cael mynd yno ar yr amod fy mod i'n dod adre'n syth bob prynhawn i wneud y golchi a'r smwddio ac i lanhau'r tŷ a choginio'r swper.'

'Faint oedd eich oedran chi bryd hynny?' gofynnodd Matilda.

'Pan es i i'r Coleg Hyfforddi roeddwn i'n ddeunaw,' meddai Miss Honey.

'Fe allech chi fod wedi codi pac a cherdded i ffwrdd,' meddai Matilda.

'Nid hyd nes i mi gael swydd,' meddai Miss Honey. 'A phaid ag anghofio, roedd fy modryb yn fy rheoli i i'r fath raddau'r pryd hwnnw fel na fyddwn i wedi mentro. Alli di ddim dychmygu sut mae hi i gael dy reoli'n llwyr fel yna gan bersonoliaeth gref iawn. Mae'n dy droi di'n jeli. Felly dyna ni. Dyna stori drist fy mywyd. Nawr dw i wedi siarad digon.'

'Plis peidiwch â stopio,' meddai Matilda. 'Dydych chi ddim wedi gorffen eto. Sut llwyddoch chi i fynd oddi wrthi yn y diwedd a dod i fyw yn y tŷ bach rhyfedd hwn?'

'A, roedd hynny'n dipyn o beth,' meddai Miss Honey. 'Roeddwn i'n falch o hynny.'

'Dwedwch wrtha i,' meddai Matilda.

'Wel,' meddai Miss Honey, 'pan gefais i fy swydd fel athrawes, fe ddywedodd fy modryb fod arna i lawer o arian iddi hi. Gofynnais iddi pam. Dywedodd, "Achos dw i wedi bod yn dy fwydo di am yr holl flynydd-oedd hyn ac yn prynu dy esgidiau a'th ddillad!" Fe ddwedodd hi ei fod e'n filoedd o bunnau i gyd a bod rhaid i mi ei thalu'n ôl drwy roi fy nghyflog iddi am y deng mlynedd nesaf. "Fe rof i un bunt yr wythnos o arian poced i ti," meddai. "Ond dyna'r cyfan rwyt ti'n mynd i'w gael." Fe wnaeth hi drefniant gydag awdur-dodau'r ysgol hyd yn oed i dalu fy nghyflog i'n syth i'w banc hi. Fe orfododd fi i arwyddo'r papur.'

'Ddylech chi ddim bod wedi gwneud hynny,' meddai Matilda. 'Eich cyflog chi oedd eich cyfle i gael rhyddid.'

'Dw i'n gwybod, dw i'n gwybod,' meddai Miss Honey. 'Ond erbyn hynny roeddwn i wedi bod yn gaethferch iddi gydol fy mywyd fwy neu lai a doeddwn i ddim yn ddigon dewr a mentrus i ddweud na. Roeddwn i'n dal i'w hofni'n fawr iawn. Roedd hi'n dal i allu fy mrifo'n fawr.'

'Felly sut llwyddoch chi i ddianc?' gofynnodd Matilda.

'A,' meddai Miss Honey, gan wenu am y tro cyntaf, 'roedd hynny ddwy flynedd yn ôl. Dyna fy muddugoliaeth fwyaf.'

'Plis dwedwch wrtha i,' meddai Matilda.

'Roeddwn i'n arfer codi'n gynnar iawn a mynd am dro tra byddai fy modryb yn dal i gysgu,' meddai Miss Honey. 'Ac un diwrnod dyma fi'n dod ar draws y bwthyn bach hwn. Roedd e'n wag. Fe ddes i wybod pwy oedd yn berchen arno. Ffermwr oedd e. Fe es i'w weld e. Mae ffermwyr hefyd yn codi'n gynnar iawn. Roedd e'n godro'i wartheg. Fe ofynnais iddo a allwn i rentu'r bwthyn. "Allwch chi ddim byw fan 'na!" llefodd. "Does dim cyfleusterau yno, dim dŵr tap, dim byd!"

' "Dw i eisiau byw yno," meddwn i. "Dw i'n rhamantydd. Dw i wedi cwympo mewn cariad â'r lle. Rhowch y lle ar osod i mi, plis."

' "Mae colled arnoch chi," meddai. "Ond os ydych chi'n mynnu, mae croeso i chi ei gael e. Deg ceiniog yr wythnos fydd y rhent."

' "Dyma rent mis ymlaen llaw," meddwn i, gan roi pedwar deg ceiniog iddo. "A diolch yn fawr iawn!" '

'Dyna wych!' llefodd Matilda. 'Felly'n sydyn roedd tŷ gyda chi i chi eich hunan! Ond sut magoch chi ddigon o blwc i ddweud wrth eich modryb?'

'Roedd hynny'n anodd,' meddai Miss Honey. 'Ond fe orfodais fy hunan i'w wneud e. Un noson, ar ôl i mi goginio ei swper, fe es i fyny'r grisiau a phacio'r ychydig bethau oedd gen i mewn blwch cardfwrdd ac fe ddes i lawr y grisiau a chyhoeddi fy mod i'n gadael. "Dw i wedi cael tŷ ar osod," meddwn i.

'Fe ffrwydrodd fy modryb. "Tŷ ar osod!" gwaeddodd. "Sut wyt ti'n gallu cael tŷ ar osod a dim ond punt yr wythnos gen ti?"

' "Dw i wedi'i wneud e," meddwn i.

' "A sut rwyt ti'n mynd i brynu bwyd i ti dy hunan?"

' "Fe ddof i i ben," meddwn i o dan fy anadl a rhuthro allan drwy'r drws ffrynt.'

'O, da iawn chi!' llefodd Matilda. 'Felly roeddech chi'n rhydd o'r diwedd!'

'Roeddwn i'n rhydd o'r diwedd,' meddai Miss Honey. 'Alla i ddim dweud wrthot ti pa mor wych oedd hynny.'

'Ond ydych chi wir wedi llwyddo i fyw yma ar un bunt yr wythnos am ddwy flynedd?' gofynnodd Matilda.

'Ydw'n wir,' meddai Miss Honey. 'Dw i'n talu deg ceiniog yr wythnos o rent, ac mae'r gweddill fwy neu lai'n talu am baraffin i'r stof a'r lamp, ac ychydig o laeth a the a bara a margarîn. Dyna'r cyfan sydd ei angen arna i mewn gwirionedd. Fel y dwedais i wrthot ti, dw i'n bwyta fy ngwala o'r cinio ysgol.'

Syllodd Matilda arni. Dyna beth rhyfeddol o ddewr roedd Miss Honey wedi'i wneud. Yn sydyn roedd hi'n arwres i Matilda. 'On'd yw hi'n ofnadwy o oer yn y gaeaf?' gofynnodd.

'Mae fy stof baraffîn fach gyda fi,' meddai Miss Honey. 'Fe fyddet ti'n synnu pa mor gysurus y gall hi fod fan hyn.'

'Oes gwely gyda chi, Miss Honey?'

'Wel, ddim yn hollol,' meddai Miss Honey, gan wenu eto. 'Ond maen nhw'n dweud bod cysgu ar lawr caled yn beth iach iawn.'

Yn sydyn reit gallai Matilda weld yr holl sefyllfa'n hollol glir. Roedd angen help ar Miss Honey. Allai hi ddim byw fel hyn am byth. 'Fe fyddech chi'n llawer gwell eich byd, Miss Honey,' meddai, 'petaech chi'n rhoi'r gorau i'ch swydd ac yn codi arian diweithdra.'

'Fyddwn i byth yn gwneud hynny,' meddai Miss Honey. 'Dw i'n dwlu ar ddysgu.'

'Yr hen fodryb ofnadwy yma,' meddai Matilda. 'Mae'n debyg ei bod hi'n dal i fyw yn eich hen dŷ hyfryd chi?'

'Ydy'n wir,' meddai Miss Honey. 'Dim ond tua hanner cant yw hi o hyd. Fe fydd hi o gwmpas am gryn dipyn o amser eto.'

'Ac ydych chi'n meddwl bod eich tad wir yn bwriadu iddi fod yn berchen y tŷ am byth?'

'Dw i'n hollol siŵr nad oedd e,' meddai Miss Honey. 'Yn aml bydd rhieni'n rhoi hawl i warcheidwad fyw yn y tŷ am ryw hyd, ond mae'r tŷ bron bob amser yn cael ei adael mewn cronfa arbennig i'r plentyn. Wedyn mae'n dod yn eiddo i'r plentyn pan fydd ef neu hi'n tyfu i fyny.'

'Wedyn eich tŷ chi yw e, mae'n rhaid?' meddai Matilda.

'Ddaeth ewyllys fy nhad byth i'r golwg,' meddai Miss Honey. 'Mae'n edrych fel petai rhywun wedi cael gwared arno.'

'Dim gwobrau am ddyfalu pwy,' meddai Matilda.

'Dim gwobrau,' meddai Miss Honey.

'Ond os nad oes ewyllys, Miss Honey, wedyn mae'n rhaid bod y tŷ'n mynd yn syth i chi. Chi yw'r perthynas agosaf.'

'Dw i'n gwybod hynny,' meddai Miss Honey. 'Ond fe ddaeth fy modryb â darn o bapur a oedd, mae'n debyg, wedi'i ysgrifennu gan fy nhad yn dweud ei fod yn gadael y tŷ i'w chwaer-yng-nghyfraith am fod mor garedig â gofalu amdanaf i. Dw i'n siŵr mai dogfen ffug ydy hi. Ond all neb brofi hynny.'

'Allech chi ddim rhoi cynnig arni?' meddai Matilda. 'Allech chi ddim cael cyfreithiwr da a'i herio hi?'

'Does gen i ddim arian i wneud hynny,' meddai Miss Honey. 'A rhaid i ti gofio bod fy modryb yn berson parchus iawn yn y gymuned. Mae llawer o ddylanwad ganddi.'

'Pwy yw hi?' gofynnodd Matilda.

Oedodd Miss Honey am eiliad. Wedyn meddai'n dawel, 'Miss Trunchbull.'

Yr Enwau

'Miss Trunchbull!' gwaeddodd Matilda, gan neidio ryw droedfedd i'r awyr. 'Ydych chi'n dweud mai *hi* yw eich modryb chi? *Hi* fagodd chi?'

'Ie,' meddai Miss Honey.

'Dim *rhyfedd* ei bod hi'n codi arswyd arnoch chi!' gwaeddodd Matilda. 'Y diwrnod o'r blaen fe welson ni hi'n cydio mewn merch gerfydd ei phlethau a'i thaflu dros ffens y buarth!'

'Dwyt ti ddim wedi gweld dim byd,' meddai Miss Honey. 'Ar ôl i 'nhad farw, pan oeddwn i'n bump a hanner, roedd hi'n arfer fy ngorfodi i gael bath ar fy mhen fy hunan bach. Ac os oedd hi'n dod i fyny ac yn meddwl nad oeddwn i wedi ymolchi'n iawn, fe fyddai hi'n gwthio fy mhen o dan y dŵr a'i ddal e yno. Ond paid â gwneud i mi ddechrau sôn am y pethau roedd hi'n arfer eu gwneud. Fydd hynny ddim yn ein helpu o gwbl.'

'Na fydd,' meddai Matilda. 'Fydd e ddim.'

'Fe ddaethon ni yma,' meddai Miss Honey, 'i siarad amdanat *ti* a dw i wedi bod yn siarad am ddim byd ond amdanaf i fy hunan drwy'r amser. Dw i'n teimlo fel ffŵl. Mae llawer mwy o ddiddordeb gen i mewn gweld faint rwyt ti'n gallu'i wneud gyda'r llygaid anhygoel yna sydd gen ti.'

'Dw i'n gallu symud pethau,' meddai Matilda. 'Dw i'n gwybod fy mod i'n gallu. Dw i'n gallu gwthio pethau drosodd.'

'Sut byddet ti'n hoffi,' meddai Miss Honey, 'petaen ni'n gwneud ychydig o arbrofion gofalus i weld faint yn union rwyt ti'n gallu ei symud a'i wthio?'

Yn rhyfedd iawn, meddai Matilda, 'Os nad oes ots gyda chi, Miss Honey, fe fyddai'n well gen i beidio. Dw i eisiau mynd adref nawr a meddwl am yr holl bethau dw i wedi'u clywed y prynhawn 'ma.'

Safodd Miss Honey ar ei thraed ar unwaith. 'Wrth gwrs,' meddai. 'Dw i wedi dy gadw di fan hyn yn llawer rhy hir. Fe fydd dy fam yn dechrau poeni.'

'Fydd hi byth yn poeni,' meddai Matilda, gan wenu. 'Ond fe hoffwn i fynd adref nawr, os nad oes ots gyda chi.'

'Dere 'te,' meddai Miss Honey. 'Mae'n ddrwg gen i 'mod i wedi rhoi te mor ofnadwy i ti.'

'Wnaethoch chi ddim o gwbl,' meddai Matilda. 'Ro'n i'n dwlu arno.'

Cerddodd y ddwy ohonyn nhw'r holl ffordd i dŷ Matilda mewn tawelwch llwyr. Roedd Miss Honey yn synhwyro mai dyna sut roedd Matilda eisiau iddi fod. Roedd y plentyn fel petai wedi ymgolli cymaint fel mai prin roedd hi'n edrych i ble roedd hi'n cerdded, a phan gyrhaeddon nhw glwyd cartref Matilda, dywedodd Miss Honey, 'Fe fyddai hi'n well i ti anghofio popeth ddwedais i wrthot ti'r prynhawn 'ma.'

'Wnaf i ddim addo gwneud hynny,' meddai Matilda, 'ond dw i'n addo peidio â sôn am y peth wrth neb rhagor, ddim hyd yn oed wrthoch chi.'

'Dw i'n credu y byddai hynny'n ddoeth,' meddai Miss Honey.

'Dydw i ddim yn addo peidio meddwl am y peth, chwaith, Miss Honey,' meddai Matilda. 'Dw i wedi bod yn meddwl amdano'r holl ffordd 'nôl o'ch bwthyn chi a dw i'n credu bod gen i gnewyllyn syniad.'

'Rhaid i ti beidio,' meddai Miss Honey. 'Anghofia amdano fe.'

'Fe hoffwn i ofyn tri pheth diwethaf i chi cyn i mi roi'r gorau i siarad amdano fe,' meddai Matilda. 'Wnewch chi eu hateb nhw, Miss Honey?'

Gwenodd Miss Honey. Roedd hi'n rhyfeddol, meddai wrthi ei hun, sut roedd y ferch fach hon fel petai'n cymryd gofal o'i phroblemau, â'r fath awdurdod, hefyd. 'Wel,' meddai, 'mae hynny'n dibynnu beth yw'r cwestiynau.'

'Y peth cyntaf yw hyn,' meddai Matilda. 'Beth oedd Miss Trunchbull yn galw *eich tad* pan oedden nhw o gwmpas y tŷ gartref?'

'Dw i'n siŵr ei bod hi'n ei alw e'n Magnus,' meddai Miss Honey. 'Dyna oedd ei enw cyntaf.'

'A beth oedd eich tad yn galw Miss Trunchbull?'

'Agatha yw ei henw hi,' meddai Miss Honey. 'Dyna fyddai e wedi'i galw hi.'

'Ac yn olaf,' meddai Matilda, 'beth oedd eich tad a Miss Trunchbull yn eich galw *chi* o gwmpas y tŷ?'

'Jenny oedden nhw'n fy ngalw i,' meddai Miss Honey.

Rhoddodd Matilda ystyriaeth ofalus i'r atebion hyn. 'Gadewch i mi fod yn siŵr fod y rhain yn gywir gyda fi,' meddai. 'Yn y tŷ gartref, Magnus oedd eich tad, Agatha oedd Miss Trunchbull a Jenny oeddech chi. Ydw i'n gywir?'

'Mae hynny'n gywir,' meddai Miss Honey.

'Diolch,' meddai Matilda. 'A nawr fydda i ddim yn sôn am y peth eto.'

Meddyliodd Miss Honey tybed beth yn y byd oedd yn digwydd ym meddwl y plentyn yma. 'Paid â gwneud dim byd twp,' meddai.

Chwarddodd Matilda a throi wrth iddi redeg i fyny'r llwybr i'w drws ffrynt, gan weiddi wrth fynd, 'Hwyl fawr, Miss Honey! Diolch o galon am y te.'

Yr Ymarfer

Roedd y tŷ'n wag fel arfer pan gyrhaeddodd Matilda. Doedd ei thad ddim adref o'r gwaith eto, doedd ei mam ddim adref o'r bingo eto a gallai ei brawd fod yn unrhyw le. Aeth yn syth i'r ystafell fyw ac agor drôr seld lle gwyddai fod ei thad yn cadw blwch o sigârs. Tynnodd un allan a mynd â hi i'w hystafell wely a'i chau ei hun i mewn.

Nawr am yr ymarfer, meddai wrthi ei hun. Mae'n mynd i fod yn anodd ond dw i'n benderfynol o'i wneud e.

Roedd ei chynllun i helpu Miss Honey yn dechrau ymffurfio'n hyfryd yn ei meddwl. Roedd y cynllun ganddi nawr bron yn ei holl fanylion, ond yn y diwedd roedd y cyfan yn dibynnu ar ei gallu i wneud un peth arbennig iawn â grym ei llygaid. Roedd hi'n gwybod na fyddai hi'n llwyddo'n syth, ond roedd hi'n eithaf hyderus y byddai hi'n llwyddo yn y diwedd gyda chryn dipyn o ymarfer ac ymdrech. Roedd y sigâr yn hanfodol. Roedd hi ychydig yn fwy trwchus nag y byddai hi wedi hoffi, ond roedd y pwysau fwy neu lai'n iawn. Fe fyddai hi'n iawn i ymarfer â hi.

Roedd bwrdd gwisgo bychan yn ystafell wely Matilda gyda'i brws gwallt a'i chrib arno a dau lyfr llyfrgell. Cliriodd y pethau hyn i'r naill ochr a rhoi'r sigâr i lawr yng nghanol y bwrdd gwisgo. Wedyn cerddodd i ffwrdd ac eistedd ar waelod ei gwely. Roedd hi bellach ryw ddeg troedfedd oddi wrth y sigâr.

Ymdawelodd a dechrau canolbwyntio, ac yn gyflym
iawn y tro hwn teimlodd y trydan yn dechrau llifo yn ei
phen, yn crynhoi y tu ôl i'w llygaid, ac aeth ei llygaid
yn boeth a dyma filiynau o ddwylo anweledig pitw yn
dechrau gwthio allan fel gwreichion tuag at y sigâr.
'Symud!' sibrydodd, ac er syndod enfawr iddi, bron ar
unwaith, dyma'r sigâr a'r stribed papur coch ac aur
am ei chanol yn rholio ar hyd y bwrdd gwisgo ac yn
cwympo ar y carped.

Roedd Matilda wedi mwynhau hynny. Roedd yn beth
hyfryd i'w wneud. Roedd yn teimlo fel petai gwreichion

yn chwyrlïo yn ei phen ac yn fflachio allan o'i llygaid. Roedd wedi rhoi ymdeimlad o rym iddi a oedd bron yn nefolaidd. Ac mor gyflym roedd hynny wedi digwydd y tro hwn! Mor syml!

Croesodd yr ystafell wely a chodi'r sigâr a'i rhoi 'nôl ar y bwrdd.

Nawr am yr un anodd, meddyliodd. Ond os oes gen i'r grym i *wthio*, rhaid bod gen i'r grym i *godi* hefyd! Mae'n *hanfodol* fy mod i'n dysgu sut i'w chodi hi. *Rhaid i mi ddysgu sut i'w chodi'n syth i'r awyr a'i chadw hi fan 'na.* Dyw sigâr ddim yn beth trwm iawn.

Eisteddodd ar waelod y gwely a dechrau eto. Roedd hi bellach yn hawdd iddi alw ar y grym y tu ôl i'w llygaid. Roedd fel gwthio sbardun yn ei hymennydd. '*Cod!*' sibrydodd. '*Cod! Cod!*'

I ddechrau dechreuodd y sigâr rolio i ffwrdd. Ond yna, gyda Matilda yn canolbwyntio'n wyllt, dyma un pen iddi'n codi'n araf ryw fodfedd oddi ar y bwrdd. Gydag ymdrech aruthrol, llwyddodd i'w dal yno am tua deg eiliad. Wedyn disgynnodd i lawr eto.

'Whiw!' ebychodd. 'Dw i'n ei deall hi! Dw i'n dechrau ei wneud e!'

Am yr awr nesaf, daliodd Matilda ati i ymarfer, ac yn y diwedd roedd hi wedi llwyddo, â grym ei llygaid yn unig, i godi'r sigâr gyfan oddi ar y bwrdd ryw chwe

modfedd i'r awyr a'i dal yno am ryw funud. Yna'n sydyn roedd hi mor flinedig fel y cwympodd hi 'nôl ar y gwely a mynd i gysgu.

Dyna sut daeth ei mam o hyd iddi'n ddiweddarach y noson honno.

'Beth sy'n bod arnat ti?' meddai'r fam, gan ei deffro. 'Wyt ti'n sâl?'

'O'r annwyl,' meddai Matilda, gan eistedd i fyny ac edrych o gwmpas. 'Na, dw i'n iawn. Roeddwn i braidd yn flinedig, dyna i gyd.'

O hynny allan, bob dydd ar ôl yr ysgol, byddai Matilda'n ei chau ei hun yn ei hystafell ac yn ymarfer gyda'r sigâr. A chyn hir dechreuodd y cyfan ddod at ei gilydd yn rhyfeddol. Chwe diwrnod yn ddiweddarach, erbyn y nos Fercher ganlynol, roedd hi nid yn unig yn gallu codi'r sigâr i fyny i'r awyr ond hefyd yn gallu ei symud o gwmpas yn union fel roedd hi eisiau. Roedd e'n wych. 'Dw i'n gallu ei wneud e!' llefodd. 'Dw i wir yn gallu ei wneud e! Dw i'n gallu codi'r sigâr i fyny â grym fy llygaid yn unig a'i gwthio a'i thynnu hi yn yr awyr sut bynnag dw i eisiau!'

Y cyfan roedd rhaid iddi ei wneud nawr oedd rhoi'r cynllun ar waith.

Y Drydedd Wyrth

Dydd Iau oedd y diwrnod canlynol, a hwn, fel roedd dosbarth Miss Honey i gyd yn ei wybod, oedd y diwrnod pan fyddai'r Brifathrawes yn cymryd cyfrifoldeb am y wers gyntaf ar ôl cinio.

Yn y bore dywedodd Miss Honey wrthyn nhw, 'Fwynhaodd un neu ddau ohonoch chi ddim yn arbennig y tro diwethaf y daeth y Brifathrawes i gymryd y dosbarth, felly gadewch i ni i gyd fod yn arbennig o ofalus a chlyfar heddiw. Sut mae dy glustiau di, Eric, ar ôl i ti gyfarfod â Miss Trunchbull y tro diwethaf?'

'Fe wnaeth hi iddyn nhw ymestyn,' meddai Eric. 'Mae fy mam yn dweud ei bod hi'n bendant eu bod nhw'n fwy nag oedden nhw.'

'A Rupert,' meddai Miss Honey, 'dw i'n falch o weld na chollaist ti unrhyw flewyn o wallt ar ôl dydd Iau diwethaf.'

'Roedd fy mhen yn boenus iawn wedyn,' meddai Rupert.

'A ti, Nigel,' meddai Miss Honey, 'wnei di plis wneud dy orau i beidio â bod yn glyfar gyda'r Brifathrawes heddiw. Roeddet ti'n eithaf digywilydd wrthi'r wythnos diwethaf.'

'Dw i'n ei chasáu hi,' meddai Nigel.

'Ceisia beidio â gwneud hynny mor amlwg,' meddai Miss Honey. 'Thâl hi ddim i ti. Mae hi'n fenyw gref iawn. Mae ganddi gyhyrau fel rhaffau dur.'

'Trueni na fyddwn i'n oedolyn,' meddai Nigel. 'Fe fyddwn i'n ei llorio hi.'

'Dw i'n amau y byddet ti,' meddai Miss Honey. 'Does neb erioed wedi llwyddo i'w churo hi eto.'

'Ar beth fydd hi'n rhoi prawf i ni'r prynhawn 'ma?' gofynnodd merch fach.

'Tabl tri, bron yn sicr,' meddai Miss Honey. 'Dyna'r tabl rydych chi i gyd i fod wedi'i ddysgu'r wythnos hon. Gwnewch yn siŵr eich bod chi'n ei wybod e.'

Dyma amser cinio'n dod ac yn mynd.

Ar ôl cinio, daeth y dosbarth at ei gilydd eto. Safodd Miss Honey ar un ochr i'r ystafell. Eisteddodd pawb yn dawel, yn bryderus, yn disgwyl. Ac yna, fel rhyw gawres y farn, dyma'r Trunchbull anferth yn camu i mewn i'r ystafell yn ei throwsus pen-glin gwyrdd a'i smoc gotwm. Aeth yn syth at ei jwg o ddŵr a'i chodi wrth y ddolen a syllu i mewn iddi.

'Dw i'n falch o weld,' meddai, 'nad oes unrhyw greaduriaid llysnafeddog yn fy nŵr yfed y tro hwn. Petai rhai wedi bod yno, yna fe fyddai rhywbeth eithriadol o annymunol wedi digwydd i bob aelod o'r dosbarth hwn. Ac mae hynny'n eich cynnwys chi, Miss Honey.'

Arhosodd y dosbarth yn dawel ac yn nerfus iawn. Roedden nhw wedi dysgu ychydig am y deigres hon erbyn hyn a doedd neb yn mynd i fentro dim.

'O'r gorau,' bloeddiodd y Trunchbull. 'Gadewch i ni weld pa mor dda rydych chi'n gwybod tabl tri. Neu a rhoi'r peth mewn ffordd arall, gadewch i ni weld pa mor wael mae Miss Honey wedi dysgu tabl tri i chi.' Roedd y Trunchbull yn sefyll o flaen y dosbarth, ei choesau ar led, a'i dwylo ar ei chluniau, yn gwgu ar Miss Honey, a oedd yn sefyll yn dawel i'r naill ochr.

Roedd Matilda, a oedd yn eistedd heb symud wrth ei desg yn yr ail res, yn gwylio pethau'n ofalus iawn.

'Ti!' gwaeddodd y Trunchbull, gan bwyntio bys o faint rholbren at fachgen o'r enw Wilfred. Roedd Wilfred ar ben pellaf y rhes flaen. 'Saf ar dy draed!' gwaeddodd arno.

Safodd Wilfred ar ei draed.

'Adrodd tabl tri am 'nôl!' cyfarthodd y Trunchbull.

'Am 'nôl?' meddai Wilfred yn ansicr. 'Ond dw i ddim wedi'i ddysgu fe am 'nôl.'

'Dyna chi!' gwaeddodd y Trunchbull, yn fuddugol-iaethus. 'Dyw hi ddim wedi dysgu dim i chi! Miss Honey, pam ydych chi ddim wedi dysgu dim byd iddyn nhw yn ystod yr wythnos ddiwethaf 'ma?'

'Dyw hynny ddim yn wir, Brifathrawes,' meddai Miss Honey. 'Maen nhw i gyd wedi dysgu tabl tri. Ond dw i ddim yn gweld pwynt ei ddysgu fe am 'nôl iddyn nhw. Does dim llawer o bwynt mewn dysgu unrhyw beth am 'nôl. Holl bwrpas bywyd, Brifathrawes, yw mynd ymlaen. Dw i'n mentro gofyn a allwch chi, er enghraifft, sillafu gair syml fel *anghywir* am 'nôl yn syth. Dw i'n amau'r peth yn fawr.'

'Peidiwch â bod yn ddigywilydd gyda mi, Miss Honey!' meddai'r Trunchbull yn swta, a throi yn ôl at Wilfred druan. 'O'r gorau, fachgen,' meddai. 'Ateb hwn i fi. Mae gen i saith afal, saith oren a saith banana. Sawl darn o ffrwyth sydd gen i i gyd? Brysia! Dere nawr! Rho'r ateb i mi!'

'*Adio* yw hynny!' gwaeddodd Wilfred. 'Nid tabl tri yw hynny!'

'Y ffŵl gwirion!' gwaeddodd y Trunchbull. 'Y twpsyn dwl! Y pen meipen! Dyna *yw* tabl tri! Mae tri math gwahanol o ffrwyth gyda ti a saith darn o bob math. Tri saith yw dau ddeg un. Weli di mo hynny, y twmffat twp! Fe rof i un cyfle arall i ti. Mae gen i wyth dafad, wyth oen ac wyth pen dafad fel ti. Faint o ddefaid sydd gen i i gyd? Ateb fi'n gyflym.'

Roedd Wilfred druan wedi drysu'n lân. 'Arhoswch!' gwaeddodd. 'Arhoswch, plis! Mae'n rhaid i mi adio wyth dafad, wyth oen . . .' Dechreuodd gyfrif ar ei fysedd.

'Yr hurtyn hurt, y twpsyn hanner pan! *Nid* adio yw hyn! Lluosi yw e! Yr ateb yw tri wyth! Neu wyth tri? Beth yw'r gwahaniaeth rhwng tri wyth ac wyth tri? Dwed hynna wrtha i, y mwlsyn diwerth, ac yn glou hefyd!'

Erbyn hyn roedd Wilfred yn rhy ofnus ac yn rhy ddryslyd i siarad hyd yn oed.

Mewn dau gam roedd y Trunchbull wrth ei ochr, a thrwy ryw dric gymnasteg rhyfeddol, jiwdo neu karate efallai, rhoddodd glipen i gefn coesau Wilfred ag un o'i thraed fel bod y bachgen yn saethu i fyny oddi ar y ddaear ac yn troi tin-dros-ben yn yr awyr. Ond hanner ffordd drwy'r cyfan, fe'i daliodd gerfydd ei figwrn a'i ddal yn hongian ben i waered fel ffowlyn wedi'i blufio mewn ffenest siop.

'Mae wyth tri,' gwaeddodd y Trunchbull, gan siglo Wilfred o'r naill ochr i'r llall gerfydd ei figwrn, 'mae wyth tri yr un peth â thri wyth ac mae tri wyth yn ddau ddeg pedwar! Ailadrodd hwnna!'

Ar yr union eiliad honno dyma Nigel, ym mhen draw'r ystafell, yn neidio ar ei draed ac yn dechrau pwyntio'n gyffrous at y bwrdd du a gweiddi, 'Y sialc! Y sialc! Edrychwch ar y sialc! Mae'n symud ar ei ben ei hunan!'

Roedd sgrech Nigel mor wyllt ac uchel fel yr edrychodd pawb yn y lle, gan gynnwys y Trunchbull, i fyny ar y bwrdd du. Ac yno, yn sicr ddigon, roedd darn newydd sbon o sialc yn hofran ger wyneb y bwrdd du.

'*Mae e'n ysgrifennu rhywbeth!*' sgrechiodd Nigel. '*Mae'r sialc yn ysgrifennu rhywbeth!*'

Ac yn wir roedd e.

'*Beth yn y byd mawr yw hyn?*' gwaeddodd y Trunchbull. Roedd hi wedi cael ei hysgwyd o weld ei henw cyntaf yn cael ei ysgrifennu fel hyn gan law anweledig. Dyma hi'n gollwng Wilfred ar y llawr. Yna gwaeddodd ar neb yn arbennig, 'Pwy sy'n *gwneud* hyn? Pwy sy'n ei *ysgrifennu* fe?'

Daliodd y sialc ati i ysgrifennu.

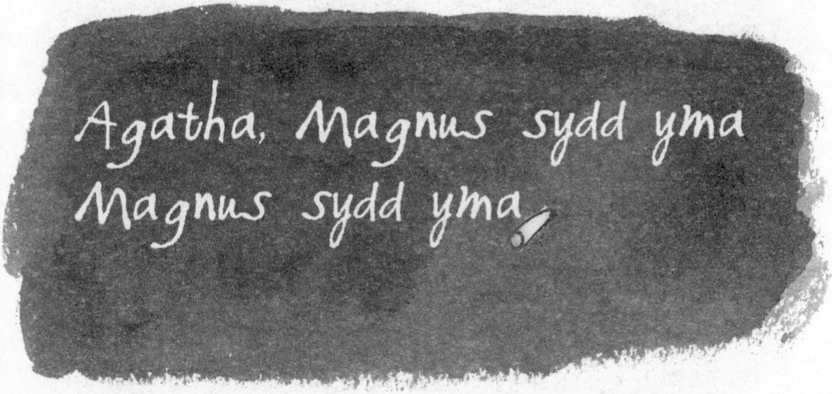

Agatha, Magnus sydd yma
Magnus sydd yma

Clywodd pawb yr ebychiad a ddaeth o wddf y
Trunchbull. 'Na!' llefodd. 'All hynny ddim bod. Nid
Magnus yw e!'

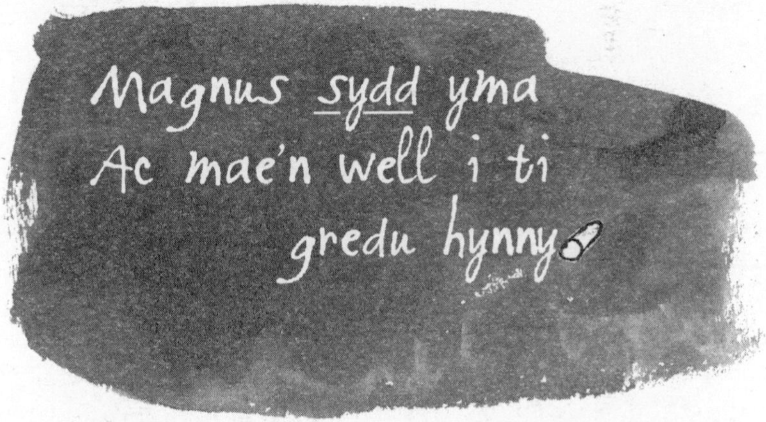

Magnus _sydd_ yma
Ac mae'n well i ti
gredu hynny

Dyma Miss Honey, ar ochr yr ystafell, yn rhoi cip
sydyn ar Matilda. Roedd y plentyn yn eistedd yn syth
iawn yn ei desg, ei phen yn uchel, a'i cheg yn dynn, a'i
llygaid yn disgleirio fel dwy seren.

215

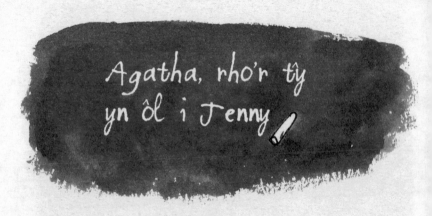

Agatha, rho'r tŷ yn ôl i Jenny

Am ryw reswm roedd pawb nawr yn edrych ar y Trunchbull. Roedd wyneb y fenyw wedi troi'n wyn fel y galchen ac roedd ei cheg yn agor a chau fel lleden allan o'r dŵr ac roedd hi'n ebychu'n drwm drwy'r amser.

Rho ei chyflog i Jenny
Rho'r tŷ i Jenny
Wedyn cer o 'ma.
Os na wnei di, fe ddof i 'nôl
i'th gael di
Fe ddof i 'nôl i'th gael di
fel cest ti fi.
Dw i'n dy wylio di
Agatha

Peidiodd y sialc ag ysgrifennu. Hofranodd am ychydig eiliadau, yna'n sydyn disgynnodd gan dincial i'r llawr a thorri'n ddau.

Dyma Wilfred, a oedd wedi llwyddo i fynd 'nôl i'w sedd yn y rhes flaen, yn gweiddi, 'Mae Miss Trunchbull wedi cwympo! Mae Miss Trunchbull ar y llawr!'

Dyma'r newyddion mwyaf syfrdanol o'r cyfan a neidiodd y dosbarth i gyd o'u seddi i gael gweld yn iawn. A dyna lle roedd hi, corff enfawr y Brifathrawes, yn ymestyn ar ei hyd ar ei chefn ar draws y llawr, wedi'i llorio.

Rhedodd Miss Honey ymlaen a phenlinio wrth ymyl
y gawres ar lawr. 'Mae hi wedi llewygu!' gwaeddodd. 'Mae
hi'n anymwybodol! Ewch i nôl metron ar unwaith,
rywun.' Rhedodd tri phlentyn allan o'r ystafell.

Dyma Nigel, oedd bob amser yn barod amdani,
yn neidio i fyny ac yn cydio yn y jwg fawr o ddŵr. 'Mae
'nhad yn dweud mai dŵr oer yw'r ffordd orau o ddi-
huno rhywun sydd wedi llewygu,' meddai, ac ar hynny
arllwysodd gynnwys y jwg i gyd dros ben y Trunchbull.
Phrotestiodd neb, ddim hyd yn oed Miss Honey.

Am Matilda, roedd hi'n dal i eistedd yn gwbl lonydd wrth ei desg. Roedd hi'n teimlo'n rhyfedd o hapus. Roedd hi'n teimlo fel petai wedi cyffwrdd â rhywbeth nad oedd o'r byd hwn yn hollol, uchafbwynt y nefoedd, y seren bellaf. Roedd hi wedi teimlo'r grym yn cronni'n wych iawn y tu ôl i'w llygaid, yn ffrydio fel hylif poeth y tu mewn i'w phenglog, ac roedd ei llygaid wedi mynd yn boeth eithriadol, yn boethach nag erioed o'r blaen, ac roedd pethau wedi ffrwydro allan o dyllau ei llygaid ac yna roedd y darn sialc wedi codi ei hunan ac wedi dechrau ysgrifennu. Roedd fel petai hi heb wneud braidd dim, roedd y cyfan wedi bod mor syml.

Dyma fetron yr ysgol, a phum athro yn ei dilyn, tair menyw a dau ddyn, yn rhuthro i mewn i'r ystafell.

'Bobol bach, mae rhywun wedi'i llorio hi o'r diwedd!' gwaeddodd un o'r dynion, gan wenu. 'Llongyfarchiadau, Miss Honey!'

'Pwy daflodd y dŵr drosti?' gofynnodd y fetron.

'Fi,' meddai Nigel yn falch.

'Da iawn ti,' meddai athro arall. 'Awn ni i nôl rhagor?'

'Dyna ddigon o ddŵr,' meddai'r fetron. 'Rhaid i ni ei chario hi i fyny i ystafell y cleifion.'

Roedd angen y pum athro a'r fetron i godi'r fenyw enfawr a baglu gyda hi allan o'r ystafell.

Dywedodd Miss Honey wrth y dosbarth, 'Dw i'n credu y byddai hi'n well i chi i gyd fynd allan i'r buarth a diddanu eich hunain tan y wers nesaf.' Wedyn dyma hi'n troi ac yn cerdded draw at y bwrdd du a sychu'r ysgrifen sialc i gyd yn ofalus.

Dechreuodd y plant gerdded allan o'r ystafell ddosbarth. Dechreuodd Matilda fynd gyda nhw, ond wrth iddi fynd heibio i Miss Honey, dyma hi'n oedi a'i llygaid disglair yn cyfarfod â llygaid yr athrawes a rhedodd Miss Honey ymlaen a rhoi cwtsh fawr a chusan i'r plentyn pitw bach.

Cartref Newydd

Yn ddiweddarach y diwrnod hwnnw, dechreuodd y newyddion fynd ar led fod y Brifathrawes wedi dod dros ei phwl o lewygu a'i bod wedyn wedi martsio allan o adeilad yr ysgol a'i gwefusau'n dynn a'i hwyneb yn welw.

Y bore canlynol ddaeth hi ddim i'r ysgol. Amser cinio ffoniodd Mr Trilby, y Dirprwy Brifathro, i'r tŷ i ofyn a oedd hi'n anhwylus. Ddaeth neb i ateb y ffôn.

Pan oedd yr ysgol ar ben, penderfynodd Mr Trilby ymchwilio ymhellach, felly cerddodd draw i'r tŷ lle roedd Miss Trunchbull yn byw ar gyrion y pentref, yr adeilad Sioraidd bychan o frics coch o'r enw Tŷ Coch, a oedd yn cuddio yn y coed y tu ôl i'r bryniau.

Canodd y gloch. Dim ateb.

Curodd ar y drws yn uchel. Dim ateb.

Galwodd allan, 'Oes unrhyw un gartref?' Dim ateb.

Rhoddodd gynnig ar y drws ac er mawr syndod iddo, roedd heb ei gloi. Aeth i mewn.

Roedd y tŷ'n dawel a doedd neb ynddo, ac eto roedd y dodrefn i gyd yn eu lle. Aeth Mr Trilby i fyny'r grisiau i'r brif ystafell wely. Yma hefyd roedd popeth yn ymddangos yn normal tan iddo ddechrau agor droriau ac edrych yn y cypyrddau. Doedd dim dillad na dillad isaf nac esgidiau yn unman. Roedden nhw i gyd wedi mynd.

Mae hi wedi dianc, meddai Mr Trilby wrtho'i hun, ac i ffwrdd ag ef i roi gwybod i Lywodraethwyr yr Ysgol fod y Brifathrawes yn ymddangos fel petai wedi diflannu.

Ar yr ail fore, derbyniodd Miss Honey lythyr wedi'i gofrestru gan gwmni o gyfreithwyr lleol yn rhoi gwybod iddi fod ewyllys ei diweddar dad, Dr Honey, wedi ymddangos yn sydyn ac yn rhyfedd. Roedd y ddogfen hon yn dangos mai Miss Honey, yn dilyn marwolaeth ei thad, mewn gwirionedd oedd perchennog cyfreithlon eiddo ar ymyl y pentref o'r enw Tŷ Coch, lle roedd Miss Agatha Trunchbull wedi bod yn byw tan yn ddiweddar. Roedd yr ewyllys hefyd yn dangos bod arian cynilo ei thad, a oedd drwy lwc yn dal i fod yn ddiogel yn y banc, hefyd wedi'i adael iddi. Ychwanegodd llythyr y cyfreithiwr y byddai'r eiddo a'r arian yn gallu cael eu trosglwyddo i'w henw hi'n fuan iawn petai Miss Honey mor garedig â galw yn y swyddfa cyn gynted â phosibl.

Dyna wnaeth Miss Honey, a chyn pen rhai wythnosau roedd hi wedi symud i mewn i Tŷ Coch, yr union fan lle cafodd ei magu a lle roedd holl ddodrefn a darluniau'r teulu yn dal o gwmpas, drwy lwc. O hynny ymlaen, roedd Matilda yn cael croeso mawr yn Tŷ Coch bob nos ar ôl yr ysgol, a dechreuodd cyfeillgarwch agos iawn ddatblygu rhwng yr athrawes a'r plentyn bach.

Yn ôl yn yr ysgol, roedd newidiadau mawr hefyd yn digwydd. Cyn gynted ag y daeth hi'n amlwg fod Miss Trunchbull wedi diflannu'n llwyr o'r lle, cafodd Mr Trilby gwych ei benodi'n Bennaeth yn ei lle. Ac yn fuan iawn wedi hynny, cafodd Matilda ei symud i fyny i'r dosbarth uchaf, lle darganfu Miss Plimsoll yn fuan iawn fod y plentyn rhyfeddol hwn lawn mor ddeallus ag roedd Miss Honey wedi'i ddweud.

Un noson rai wythnosau'n ddiweddarach, roedd Matilda yn cael te gyda Miss Honey yng nghegin Tŷ Coch ar ôl yr ysgol fel y bydden nhw bob amser, pan ddwedodd Matilda'n sydyn, 'Mae rhywbeth rhyfedd wedi digwydd i mi, Miss Honey.'

'Dwed wrtha i amdano fe,' meddai Miss Honey.

'Y bore 'ma,' meddai Matilda, 'dim ond o ran hwyl, fe geisiais droi rhywbeth drosodd â fy llygaid ond allwn i mo'i wneud e. Symudodd dim byd. Theimlais i mo'r poethder yn cronni y tu ôl i'm llygaid hyd yn oed. Roedd y grym wedi mynd. Dw i'n credu fy mod i wedi'i golli'n llwyr.'

Rhoddodd Miss Honey fenyn yn ofalus ar ddarn o fara brown ac ychwanegu ychydig o jam mefus. 'Dw i wedi bod yn disgwyl i rywbeth fel yna ddigwydd,' meddai.

'Ydych chi? Pam?' gofynnodd Matilda.

'Wel,' meddai Miss Honey, 'dim ond dyfalu dw i, ond dyma beth dw i'n feddwl. Pan oeddet ti yn fy nosbarth i, doedd dim gyda ti i'w wneud, dim byd i wneud i ti ymdrechu. Roedd dy ymennydd go enfawr yn mynd yn wyllt gan rwystredigaeth. Roedd e'n ffrwtian ac yn berwi fel yr andros yn dy ben. Roedd egni anferthol wedi cronni yno heb unman i fynd, a rywsut neu'i gilydd roeddet ti'n gallu saethu'r egni hwnnw drwy dy lygaid a gwneud i wrthrychau symud. Ond nawr mae pethau'n wahanol. Rwyt ti yn y dosbarth uchaf yn cystadlu yn erbyn plant ddwywaith dy oedran di ac mae'r holl egni meddyliol yna'n cael ei ddefnyddio yn y dosbarth. Am y tro cyntaf, mae dy ymennydd yn

gorfod ymdrechu ac ymlafnio a chadw'n wirioneddol brysur, sy'n wych. Dim ond damcaniaeth yw honna, cofia di, ac efallai mai un ddwl yw hi, ond dw i ddim yn credu ei bod hi'n bell iawn ohoni.'

'Dw i'n falch fod hyn wedi digwydd,' meddai Matilda. 'Fyddwn i ddim eisiau mynd drwy fy mywyd fel rhywun sy'n gwneud gwyrthiau.'

'Rwyt ti wedi gwneud digon,' meddai Miss Honey. 'Prin y galla i gredu o hyd dy fod ti wedi gwneud i hyn i gyd ddigwydd i mi.'

Dyma Matilda, a oedd yn eistedd ar stôl dal wrth fwrdd y gegin, yn bwyta ei bara jam yn araf. Roedd hi'n dwlu cymaint ar y prynhawniau hyn gyda Miss Honey. Roedd hi'n teimlo'n hollol gysurus yn ei phresenol-deb, ac roedd y ddwy ohonyn nhw'n siarad â'i gilydd fwy neu lai fel dwy gydradd â'i gilydd.

'Wyddoch chi,' meddai Matilda yn sydyn, 'fod calon llygoden yn curo *chwe chant a hanner gwaith y funud*?'

'Wyddwn i ddim,' meddai Miss Honey, gan wenu. 'Rhyfeddol yn wir. Ble darllenaist ti hynny?'

'Mewn llyfr o'r llyfrgell,' meddai Matilda. 'Ac mae hynny'n golygfwyta od hi'n curo mor gyflym fel na allwch chi hyd yn oed glywed y curiadau unigol. Rhaid ei fod e'n swnio fel sïo.'

'Rhaid ei fod e,' meddai Miss Honey.

'A pha mor gyflym mae calon draenog yn curo, ydych chi'n meddwl?' gofynnodd Matilda.

'Dwed wrtha i,' meddai Miss Honey, gan wenu eto.

'Ddim mor gyflym â chalon llygoden,' meddai Matilda. 'Tri chan gwaith y funud. Ond hyd yn oed wedyn, fyddech chi ddim yn meddwl ei bod hi'n curo mor gyflym mewn creadur sy'n symud mor araf, fyddech chi, Miss Honey?'

'Na fyddwn wir,' meddai Miss Honey. 'Dwed un arall eto wrtha i.'

'Ceffyl,' meddai Matilda. 'Mae wir yn araf. Dim ond pedwar deg gwaith y funud.'

Mae fel petai gan y plentyn hwn, meddai Miss Honey wrthi'i hun, ddiddordeb ym mhopeth. Mae'n amhosibl i rywun fod yn ddiflas yn ei chwmni. Dw i wrth fy modd.

Arhosodd y ddwy i eistedd a siarad yn y gegin am awr neu fwy, ac yna, tua chwech o'r gloch, ffarweliodd Matilda â hi, a dechrau cerdded adref i dŷ ei rhieni, taith o ryw wyth munud. Pan gyrhaeddodd glwyd ei chartref, gwelodd gar Mercedes mawr du wedi'i barcio y tu allan. Chymerodd hi ddim llawer o sylw o hynny. Roedd ceir dieithr yn aml wedi'u parcio y tu allan i dŷ ei thad. Ond pan aeth hi i mewn i'r tŷ, roedd golygfa o

anhrefn llwyr yn ei hwynebu. Roedd ei mam a'i thad yn y cyntedd wrthi'n wyllt yn stwffio dillad a gwahanol wrthrychau i gesys.

'Beth yn y byd sy'n digwydd?' gwaeddodd hi. 'Beth sy'n digwydd, Dad?'

'Rydyn ni'n mynd,' meddai Mr Wormwood, heb edrych i fyny. 'Rydyn ni'n gadael am y maes awyr mewn hanner awr, felly mae'n well i ti ddechrau pacio. Mae dy frawd i fyny'r grisiau, yn barod i fynd. Symuda nawr, ferch! I ffwrdd â ti!'

'I ffwrdd?' meddai Matilda. 'I ble?'

'Sbaen,' meddai'r tad. 'Mae'r hinsawdd yn llawer gwell na'r hen wlad yma.'

226

'Sbaen!' gwaeddodd Matilda. 'Dw i ddim eisiau mynd i Sbaen! Dw i'n dwlu ar bethau fan hyn a dw i'n dwlu ar fy ysgol!'

'Gwna fel dw i'n dweud wrthot ti a phaid â dadlau,' meddai'r tad yn swta. 'Mae gen i ddigon o ofidiau heb boeni amdanat ti!'

'Ond Dad . . .' dechreuodd Matilda.

'Bydd ddistaw!' gwaeddodd y tad. 'Rydyn ni'n gadael mewn hanner awr! Dw i ddim yn colli'r awyren 'na!'

'Ond am faint, Dad?' gwaeddodd Matilda. 'Pryd rydyn ni'n dod 'nôl?'

'Dydyn ni ddim,' meddai'r tad. 'Nawr cer! Dw i'n brysur!'

Trodd Matilda oddi wrtho a dechrau cerdded allan drwy'r drws ffrynt agored. Cyn gynted ag yr oedd hi ar yr heol, dechreuodd redeg. Aeth yn syth 'nôl tuag at dŷ Miss Honey a chyrhaeddodd mewn llai na phedair munud. Hedfanodd i fyny'r dreif ac yn sydyn gwelodd hi Miss Honey yn yr ardd ffrynt, yn gwneud rhywbeth â siswrn gardd. Roedd Miss Honey wedi clywed sŵn traed Matilda yn rasio dros y graean a nawr dyma hi'n ymsythu a throi a chamu allan o'r gwely blodau wrth i'r plentyn redeg ati.

'Nefoedd wen!' meddai. 'Beth yn y byd sy'n bod?'

Safodd Matilda o'i blaen, a'i gwynt yn ei dwrn, a'i hwyneb bach wedi gwrido'n goch drosto.

'Maen nhw'n *gadael*!' llefodd. 'Maen nhw i gyd wedi mynd yn ddwl ac maen nhw'n llenwi eu cesys ac maen nhw'n gadael am Sbaen mewn rhyw hanner awr!'

'Pwy?' gofynnodd Miss Honey yn dawel.

'Mam a Dad a Mike fy mrawd ac maen nhw'n dweud bod rhaid i mi fynd gyda nhw!'

'Am wyliau rwyt ti'n meddwl?' gofynnodd Miss Honey.

'Am *byth*!' llefodd Matilda. 'Fe ddwedodd Dad nad oedden ni *byth* yn dod 'nôl!'

Bu tawelwch byr, yna dywedodd Miss Honey. 'A dweud y gwir dw i ddim yn synnu'n fawr.'

'Ydych chi'n dweud eich bod chi'n *gwybod* eu bod nhw'n mynd?' llefodd Matilda. 'Pam na ddwedoch chi wrtha i?'

'Na, cariad,' meddai Miss Honey. 'Doeddwn i ddim yn gwybod eu bod nhw'n mynd. Ond dydy'r newydd-ion ddim yn fy synnu i o hyd.'

'Pam?' llefodd Matilda. 'Plis dwedwch pam wrtha i.' Roedd hi'n dal a'i gwynt yn ei dwrn ar ôl rhedeg ac ar ôl sioc yr holl beth.

'Oherwydd mae dy dad,' meddai Miss Honey, 'yn un o giang o ladron. Mae pawb yn y pentref yn gwybod hynny. Dw i'n amau ei fod e'n derbyn ceir wedi'u dwyn o bob rhan o'r wlad. Mae e yn ei chanol hi.'

Syllodd Matilda arni'n gegrwth.

Aeth Miss Honey yn ei blaen, 'Roedd pobl yn dod â cheir wedi'u dwyn i weithdy dy dad lle roedd e'n newid y platiau rhif ac yn chwistrellu'r ceir eto mewn lliw gwahanol a'r cyfan i gyd. A nawr mae rhywun siŵr o fod wedi dweud wrtho fod yr heddlu ar ei ôl ac mae'n gwneud yr hyn mae pob un ohonyn nhw'n ei wneud, rhedeg bant i Sbaen lle na allan nhw gael gafael arno. Fe fydd wedi bod yn anfon ei arian allan yno am flynyddoedd, yn barod erbyn iddo gyrraedd.'

Roedden nhw'n sefyll ar y lawnt o flaen yr hen dŷ brics coch gyda'i deils coch treuliedig a'i simneiau tal, ac roedd y siswrn gardd yn dal yn llaw Miss Honey. Roedd hi'n noson euraid gynnes ac roedd aderyn du'n canu rywle gerllaw.

'Dw i ddim eisiau mynd gyda nhw!' gwaeddodd Matilda'n sydyn. 'Af i ddim gyda nhw.'

'Mae arna i ofn bod rhaid i ti,' meddai Miss Honey.

'Dw i eisiau byw fan hyn gyda chi,' gwaeddodd Matilda'n uchel. 'Plis gadewch i mi fyw fan hyn gyda chi!'

'Trueni mawr na allet ti,' meddai Miss Honey. 'Ond mae arna i ofn nad yw hynny'n bosibl. Chei di ddim gadael dy rieni dim ond achos dy fod ti eisiau. Mae ganddyn nhw hawl i fynd â ti gyda nhw.'

'Ond beth petaen nhw'n cytuno?' gwaeddodd Matilda yn awyddus. 'Beth petaen nhw'n dweud o'r gorau, fe gaf i aros gyda chi? Fyddech chi'n gadael i mi aros gyda chi wedyn?'

Dywedodd Miss Honey yn dawel, 'Byddwn, byddai hynny'n wych.'

'Wel, dw i'n credu efallai y gwnân nhw!' gwaeddodd Matilda. 'Dw i wir yn meddwl y gwnân nhw! Dydyn nhw ddim wir yn hidio taten amdanaf i!'

'Gan bwyll nawr,' meddai Miss Honey.

'Mae'n rhaid i ni fod yn gyflym!' llefodd Matilda. 'Maen nhw'n gadael unrhyw eiliad! Dewch!' gwaeddodd, gan gydio yn llaw Miss Honey. 'Plis dewch gyda fi a gofyn iddyn nhw! Ond bydd rhaid i ni frysio! Fe fydd rhaid i ni redeg!'

Yr eiliad nesaf roedd y ddwy ohonyn nhw'n rhedeg i lawr y dreif gyda'i gilydd ac yna allan i'r heol, ac roedd Matilda ar y blaen, yn tynnu Miss Honey ar ei hôl gerfydd ei harddwrn, ac i ffwrdd â nhw ar wib gwyllt a rhyfeddol ar hyd y lôn wledig a thrwy'r pentref i'r tŷ lle roedd rhieni Matilda yn byw. Roedd y Mercedes mawr du yn dal y tu allan a nawr roedd y gist a'r drysau i gyd ar agor ac roedd Mr a Mrs Wormwood a'r brawd yn rhuthro o'i gwmpas fel morgrug, yn rhoi pentwr o gesys i mewn, wrth i Matilda a Miss Honey ruthro tuag atyn nhw.

'Dad a Mam!' ffrwydrodd Matilda, yn fyr ei hanadl. 'Dw i ddim eisiau dod gyda chi! Dw i eisiau aros fan hyn a byw gyda Miss Honey ac mae hi'n dweud y

gallaf i ond dim ond os ydych chi'n rhoi caniatâd! Plis dwedwch fod hyn yn iawn! Dere Dad, dwed fod hyn yn iawn! Dwed fod hyn yn iawn, Mam!'

Trodd y tad ac edrych ar Miss Honey. 'Chi yw'r athrawes 'na ddaeth yma i'm gweld i unwaith, ynte?' meddai. Yna aeth 'nôl i roi'r cesys yn y car.

Dywedodd ei wraig wrtho, 'Fe fydd rhaid i hwn fynd ar y sedd gefn. Does dim rhagor o le yn y gist.'

'Fe fyddwn i'n dwlu cael Matilda,' meddai Miss Honey. 'Fe fyddwn i'n gofalu amdani'n dyner iawn, Mr Wormwood, ac fe fyddwn i'n talu am bopeth. Fyddai hi ddim yn costio ceiniog i chi. Ond nid fy syniad i oedd e. Syniad Matilda oedd e. A fydda i ddim yn cytuno i'w chymryd hi heb eich cydsyniad llawn a pharod.'

'Dere, Harry,' meddai'r fam, gan wthio cês i'r sedd gefn. 'Pam na adawn ni iddi hi fynd os mai dyna beth mae hi eisiau. Fe fydd un yn llai gyda ni i ofalu amdano.'

'Dw i ar frys,' meddai'r tad. 'Mae gen i awyren i'w dal. Os yw hi eisiau aros, gadewch iddi aros. Mae popeth yn iawn gyda fi.'

Neidiodd Matilda i freichiau Miss Honey a'i chofleidio, a dyma Miss Honey yn ei chofleidio hithau, ac yna roedd y fam a'r tad a'r brawd yn y car ac roedd y car yn gadael a'r teiars yn sgrechian. Chwifiodd y brawd ei law drwy'r ffenest gefn, ond edrychodd y ddau arall ddim 'nôl hyd yn oed. Roedd Miss Honey yn dal i gofleidio'r ferch bitw fach yn ei breichiau a ddwedodd dim un ohonyn nhw air wrth iddyn nhw wylio'r car mawr du yn rhuthro rownd y tro ym mhen yr heol ac yn diflannu i'r pellter am byth.

Roedd Roald Dahl yn synnu bod Wolfgang Amadeus Mozart, y cyfansoddwr clasurol o'r ddeunawfed ganrif, eisoes yn cyfansoddi cerddoriaeth pan oedd yn ddim ond pum mlwydd oed. Roedd hyn yn un o'r pethau a wnaeth iddo sylweddoli nad yw oedolion yn aml yn llawn werthfawrogi plant. Felly dyma fe'n creu Matilda hynod ddeallus, a'i dysgodd ei hunan i ddarllen pan oedd hi'n ddim ond tair blwydd oed.

MWY AM
Matilda

Roedd Roald yn casáu bwlis. Felly, pan oedd ei ferch Lucy a'i ffrindiau'n cael eu bwlian ar y bws ysgol gan ferch o'r enw Lizzy, meddyliodd am gynllun. Ysgrifennodd bennill a dweud wrth Lucy am ei ddysgu i bawb heblaw'r bwli. Dysgon nhw'r pennill a phan bigodd Lizzy nesaf ar ferch ar y bws, canodd pawb:

Pam mae Lizzy'n drysu'n lân
Wrth inni fynd i'r ysgol?
Mae'n gwneud ffws enfawr ar y bws,
Wel dyna ffŵl rhyfeddol!

Dyma pawb ar y bws – heblaw Lizzy – yn gweiddi hwrê ac yn curo dwylo. Wnaeth Lizzy ddim pigo arnyn nhw wedyn. Yn llyfrau Roald, mae bwlis yn cael eu haeddiant – edrych i weld beth sy'n digwydd i'r ddwy fodryb yn *James a'r Eirinen Wlanog Enfawr*, y cewri cas yn *Yr CMM* a Miss Trunchbull yn *Matilda*.

Gwneud pethau da

Roedd Roald Dahl yn ysbïwr, yn beilot awyren ymladd penigamp, yn hanesydd siocled ac yn ddyfeisiwr meddygol. Roedd e hefyd yn awdur storïau gwych, yn eu plith, *Charlie a'r Ffatri Siocled*, *Yr CMM* a *Matilda*. Fe yw storïwr rhif 1 y byd o hyd.

Dywedodd Roald Dahl, "Os ydych chi'n meddwl pethau da, byddan nhw'n sgleinio drwy'ch wyneb fel pelydrau'r haul a byddwch chi bob amser yn edrych yn hyfryd."

Rydyn ni'n credu mewn gwneud pethau da. Dyna pam bod deg y cant o incwm* Roald Dahl yn mynd i'n partneriaid elusennol. Rydyn ni wedi cefnogi achosion da fel: nyrsys arbenigol i blant, grantiau i deuluoedd mewn angen a chynlluniau estyn addysgiadol. Diolch am ein helpu ni i gynnal y gwaith hanfodol hwn.

**Am fanylion pellach, ewch i
wefan roalddahl.com**

Mae Ymddiriedolaeth Elusennol Roald Dahl yn elusen gofrestredig yn y DU (rhif 1119330).

*Mae comisiwn wedi'i dynnu o'r taliadau awdur a'r breindal a roddir.

R O A L D D A H L

1916 Cafodd Roald Dahl ei eni ar 13 Medi yn Llandaf, ger Caerdydd.

1925 Cafodd Roald ei anfon i ysgol breswyl – Ysgol St Peter's yn Weston-super-Mare.

1929 Aeth Roald i Repton, ysgol breswyl arall. Dyma lle helpodd i brofi bariau siocled newydd i Cadbury's. Roedd ei hoff siocled yn cynnwys Aero, Crunchie, KitKat, Mars a Smarties.

1934 Gadawodd Roald yr ysgol a mynd i weithio i Shell, y cwmni olew mawr, oherwydd ei fod eisiau teithio i fannau pellennig hudol fel Affrica a China.

1936 Anfonodd Shell ef i ddwyrain Affrica. Roedd e'n casáu'r nadroedd!

1939 Ymunodd Roald Dahl â'r RAF ar ddechrau'r Ail Ryfel Byd. Daeth yn beilot awyrennau ymladd, yn hedfan awyrennau Hurricane ar draws y Môr Canoldir.

1940 Daeth ei awyren i lawr yn Niffeithwch Libya, yng ngogledd Affrica, a chafodd anafiadau difrifol i'w ben, ei drwyn a'i gefn.

1942 Cafodd Roald ei anfon i UDA i weithio yn Llysgenhadaeth Prydain (mae rhai'n dweud ei fod yn ysbïwr hefyd!). Cafodd ei stori gyntaf i oedolion ei chyhoeddi ac ysgrifennodd ei stori gyntaf i blant, am greaduriaid drygionus o'r enw Gremlins. Dechreuodd Walt Disney weithio arni i'w throi'n ffilm ac aeth Roald i Hollywood.

1943 Aeth y cynlluniau ffilmio i'r gwellt, ond cyhoeddwyd *The Gremlins* yn UDA, Prydain ac Awstralia. Dyma lyfr cyntaf Roald.

1953 Cafodd *Someone Like You,* llyfr Roald o storïau iasoer i oedolion, ei gyhoeddi ac roedd yn llwyddiant ysgubol yn UDA.

1961 Cyhoeddwyd *James a'r Eirinen Wlanog Enfawr* yn UDA, ac yna *Charlie a'r Ffatri Siocled* yn 1964. Daeth yn boblogaidd yn syth gyda phlant.

1967 Cafodd *James* a *Charlie* eu cyhoeddi o'r diwedd ym Mhrydain ac maen nhw wedi dod yn ddau o'r llyfrau plant mwyaf llwyddiannus a phoblogaidd erioed.

1971 Cafodd ffilm *Charlie* gyntaf ei gwneud fel *Willy Wonka and the Chocolate Factory.* Dilynodd ffilmiau eraill: *The BFG* a *Danny the Champion of the World* yn 1989; *The Witches* yn 1990; *James and the Giant Peach* a *Matilda* yn 1996; rhyddhawyd yr ail ffilm, *Charlie and the Chocolate Factory,* gyda Johnny Depp yn y brif ran, yn 2005.

1978 Dechreuodd partneriaeth Roald Dahl gyda Quentin Blake gyda chyhoeddi *Y Crocodeil Anferthol.*

1990 Bu farw Roald Dahl ar 23 Tachwedd, yn saith deg pedwar oed.

2006 ymlaen Mae Diwrnod Roald Dahl yn cael ei ddathlu dros y byd i gyd ar 13 Medi i gofio pen-blwydd Roald Dahl. Galli ymuno â'r hwyl ar wefan **roalddahlday.info**

G O B L F F W N C

Roedd Roald Dahl yn dwlu ar chwarae o gwmpas â geiriau a chreu rhai newydd. Roedd yr CMM yn 'clwbran' mewn iaith wahanol iawn! Dyma rai o'r geiriau roedd e'n eu defnyddio:

CLWBRAN

Clwbran yw cael sgwrs fach braf â rhywun.

SGLEDFRIO

Symud yn gyflym iawn.

LLIFRGI

Person twp neu ffôl.

LOSIN CARAMEL

Losin sy'n llenwi tyllau yn eich dannedd.

FFROBSGOTL

Hoff ddiod yr CMM. Mae'n wyrdd golau ac yn byrlymu, ac mae'n gwneud iddo wib-bopio!

SMWRIEL

Rho fe yn y bin, sbwriel yw e.

PLANTLOS

Gair yr CMM am blant bach.

JIW-JIWBIAU MINTYS

Un o greadigaethau Mr Wonka yw'r losin yma sy'n gwneud i'ch dannedd droi'n wyrdd.

PWDRIG

Pan fydd rhywbeth yn dechrau pydru ac yn drewi.

DIFERION YR ENFYS

Losin gan Mr Wonka. Ar ôl eu sugno, byddwch chi'n gallu poeri mewn chwe lliw gwahanol.

IYM-SGRYM-FLASWYCH

Blasus a hyfryd.

BOCS FFLWCS TELI-TELI

Gair yr CMM am y teledu!

CLODDFA ROC

Roedd y gloddfa yma yn ffatri Mr Wonka.

CYNGOR YSGRIFENNU

Roald Dahl

'Mae syniad am stori'n tueddu i hedfan i'm meddwl i ar unrhyw adeg o'r dydd, ac os nad ydw i'n ei nodi'n syth, yn y fan a'r lle, fe fydd wedi mynd am byth. Felly rhaid i mi ddod o hyd i bensil, ysgrifbin, creon, minlliw, unrhyw beth cyfleus, a sgriblan ychydig eiriau a fydd yn fy atgoffa o'r syniad. Yna, cyn gynted ag y daw'r cyfle, dw i'n mynd yn syth i'r cwt ac yn ysgrifennu'r syniad mewn hen lyfr ysgol coch.'

Fedri di ddyfalu o ba lyfr ddaeth y syniad hwn?

What about a chocolate factory
That makes fantastic and marvellous
Things — with a crazy man running it?

Charlie a'r Ffatri Siocled

Y rheswm pam dw i'n casglu syniadau da yw ei bod hi wir yn anodd iawn dod o hyd i blot ar gyfer stori. Maen nhw'n mynd yn brinnach ac yn brinnach bob mis. Rhaid i unrhyw stori dda ddechrau gyda phlot cryf sy'n cadw'r diddordeb tan y diwedd. Fy mhrif ofid wrth ysgrifennu stori yw'r ofn dychrynllyd fy mod yn diflasu'r darllenydd. Felly, wrth i mi ysgrifennu fy storïau dw i o hyd yn ceisio creu sefyllfaoedd a fydd yn gwneud i'r darllenydd:

1. Chwerthin llond bol o chwerthin

2. Gwingo

3. Rhyfeddu

4. Mynd yn NERFUS a CHYFFROUS a dweud, "Darllen! Dal ati i ddarllen! Paid stopio!"

Ym mhob llyfr da, mae yna gymysgedd o bobl hynod gas – sydd bob amser yn hwyl – a rhai pobl neis. A rhaid cael rhywun i'w gasáu ym mhob stori. Po fwyaf ffiaidd a brwnt yw'r person, mwyaf o hwyl sydd yna wrth ei wylio'n cael ei lorio.

"Arlunydd llyfrau plant gorau'r byd heddiw!" – Roald Dahl

Mae Roald Dahl a Quentin Blake yn bartneriaeth berffaith o eiriau a darluniau, ond pan ddechreuodd Roald ysgrifennu, roedd nifer o wahanol arlunwyr yn darlunio'i waith. Dechreuodd Quentin weithio gydag ef yn 1976 (*Y Crocodeil Anferthol*, a gyhoeddwyd yn 1978 oedd y llyfr cyntaf iddo ei ddarlunio) ac o hynny ymlaen buon nhw'n cydweithio hyd at farwolaeth Roald. Yn y pen draw darluniodd Quentin bob un o lyfrau Roald Dahl, ac eithrio *The Minpins*.

DYMA

Q
U
E
N
T
I
N
B
L
A
K
E

I ddechrau, roedd Quentin ychydig yn nerfus am weithio gydag awdur mor enwog, ond erbyn iddyn nhw ddod i gydweithio ar *Yr CMM*, roedden nhw wedi dod yn ffrindiau da. Fyddai Quentin yn gwybod dim am stori newydd nes y byddai'r llawysgrif yn cyrraedd. Weithiau byddai Roald yn dweud, 'Fe gei di hwyl gyda hon,' – dro arall, 'Fe gei di beth trafferth gyda hon.'

Byddai Quentin yn gwneud llawer o frasluniau ac yn mynd â nhw i Dŷ'r Sipsi, lle byddai'n eu dangos i Roald a gweld beth oedd ei farn. Roedd Roald yn hoffi cael llond y lle o ddarluniau yn ei lyfrau – yn y diwedd tynnodd Quentin ddwywaith cymaint o ddarluniau ar gyfer *Yr CMM* â'r bwriad gwreiddiol.

Hoff lyfr Quentin Blake gan Roald Dahl yw *Yr CMM*. Pan nad oedd yn hollol siŵr pa fath o esgidiau fyddai gan yr CMM, dyma Roald yn anfon un o'i hen sandalau at Quentin drwy'r post – a dyna'r llun a dynnodd!

Ganwyd Quentin Blake ar 16 Rhagfyr 1932. Cyhoeddwyd ei ddarlun cyntaf pan oedd yn 16 oed, ac mae wedi ysgrifennu a darlunio nifer o lyfrau ei hun, yn ogystal â darlunio rhai Roald Dahl. Bu hefyd yn dysgu yn y Coleg Celf Brenhinol am dros ugain mlynedd – mae'n athro coleg go iawn! Yn 1999 dewiswyd Quentin Blake yn Children's Laureate cyntaf. Yn 2005 cafodd y CBE am ei wasanaeth i lenyddiaeth plant.

Cewch wybod rhagor yn quentinblake.com

Roald Dahl

Pan oedd Roald yn un ar bymtheg, penderfynodd fynd ar ei wyliau ar ei ben ei hun i Ffrainc. Croesodd y Sianel o Dover i Calais gyda £24 yn ei boced (swm mawr o arian yn 1933). Roedd Roald eisiau gweld y Môr Canoldir, felly aeth ar y trên i Baris yn gyntaf, yna ymlaen i Marseilles lle'r aeth ar fws a oedd yn mynd yr holl ffordd ar hyd yr arfordir tuag at Monte Carlo. Yn y diwedd cyrhaeddodd le o'r enw St Jean Cap Ferrat ac arhosodd yno am ddeng niwrnod, yn crwydro o gwmpas ar ei ben ei hun ac yn gwneud beth bynnag roedd e eisiau. Dyma'r tro cyntaf iddo gael blas ar ryddid llwyr – a beth oedd bod yn oedolyn.

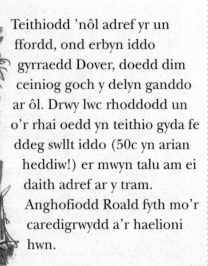

Teithiodd 'nôl adref yr un ffordd, ond erbyn iddo gyrraedd Dover, doedd dim ceiniog goch y delyn ganddo ar ôl. Drwy lwc rhoddodd un o'r rhai oedd yn teithio gyda fe ddeg swllt iddo (50c yn arian heddiw!) er mwyn talu am ei daith adref ar y tram. Anghofiodd Roald fyth mo'r caredigrwydd a'r haelioni hwn.

Pan oedd Roald yn ddwy ar bymtheg aeth i
Newfoundland, Canada, gyda 'Cymdeithas
Fforio'r Ysgolion Bonedd'. Gyda thri deg o
fechgyn eraill, treuliodd dair wythnos yn
cerdded dros dirwedd diffaith gyda sach
deithio enfawr. Roedd hi'n pwyso
cymaint fel bod angen rhywun i'w chodi
ar ei gefn bob bore. Roedd y bechgyn
yn byw ar pemmican (darnau cul o gig
wedi'i wasgu, braster, ac aeron) a
ffacbys, ac roedden nhw'n arbrofi
gyda bwyta cen a mwsogl carw wedi'i
ferwi oherwydd eu bod nhw'n llwgu cymaint.
Roedd hon yn antur go iawn ac ar ôl hyn roedd Roald
yn heini ac yn barod am unrhyw beth!

ROALD DAHL

'Dw i'n credu mai caredigrwydd yw'r peth pwysicaf i mi mewn bod dynol. Mae'n bwysicach na phethau fel gwroldeb neu ddewrder neu haelioni neu unrhyw beth arall. Os ydych chi'n garedig, dyna ni.'

'Dw i'n gwbl argyhoeddedig fod y rhan fwyaf o oedolion wedi anghofio'n llwyr beth yw bod yn blentyn rhwng pump a deg oed . . . dw i'n gallu cofio'n union beth ydoedd. Dw i'n siŵr fy mod i.'

'Pan feddyliais gyntaf am ysgrifennu'r llyfr *Charlie a'r Ffatri Siocled*, yn wreiddiol doeddwn i ddim yn meddwl cael plant ynddo o gwbl!'

'Petawn i'n cael fy ffordd, byddwn yn tynnu mis Ionawr o'r calendr yn grwn, a chael mis Gorffennaf ychwanegol yn ei le.'

'Fe allwch chi ysgrifennu am unrhyw beth i blant ond bod hiwmor gyda chi.'

Ewch ar daith o gwmpas gwefan swyddogol iym-sgrym-flaswych Roald Dahl gyda'ch hoff gymeriadau yn

roalddahl.com

Roald Dahl

O Norwy roedd Harald, tad Roald Dahl, yn dod.
Pan oedd yn 14 oed cafodd ddamwain ofnadwy a bu'n
rhaid torri ei fraich chwith i ffwrdd – ond er iddo golli
un o'i ddwylo, roedd yn dal i allu clymu careiau ei
esgidiau. Pan oedd yn ddyn ifanc symudodd Harald
Dahl i Gaerdydd a dechrau busnes llwyddiannus iawn
fel brocer llongau.

Roedd Sofie, mam Roald, hefyd yn dod o Norwy.
Fe briododd hi â Harald yn 1911 ac fe gawson nhw
bump o blant: Astri, Alfhild, Roald, Else ac Asta.
Roald oedd yr unig fachgen mewn teulu o ferched.

O'R CHWITH I'R DDE: Asta, Else, Alfhild, Roald

Yn anffodus bu farw Astri o lid y pendics pan oedd hi'n saith oed, a bu farw tad Roald o dorcalon ddau fis yn ddiweddarach. Dim ond tair oed oedd Roald ar y pryd, felly ni chafodd gyfle i ddod i adnabod ei dad.

Roedd gan Roald Dahl hanner brawd a hanner chwaer a oedd dipyn yn hŷn nag ef, Louis ac Ellen, gan fod ei dad wedi bod yn briod o'r blaen. Bydden nhw'n mynd ar eu gwyliau gyda'i gilydd i Norwy bob haf: mam Roald a'r chwe phlentyn.

Roedd Roald yn agos iawn at ei chwiorydd, yn enwedig ei chwaer fawr, Alfhild neu Alf. Roedd ei chwaer ganol, Else, yn casáu'r ysgol (fel Roald). Pan anfonodd ei mam hi i ysgol breswyl yn y Swistir, bwytaodd Else ei thocyn trên fel bod rhaid ei nôl a mynd â hi adre. Ymunodd Asta, chwaer ieuengaf Roald, â'r Llu Awyr yn ystod yr Ail Ryfel Byd. Bu'n hedfan balwnau amddiffyn (barrage balloons) ym Mhrydain ac yn ddiweddarach cafodd fedal gan Frenin Norwy.

Roedd gan Roald Dahl ei hun bump o blant: Olivia, Tessa, Theo, Ophelia a Lucy. Yn drist iawn, bu farw Olivia o'r frech goch pan oedd hi'n saith oed – yr un oedran â'i chwaer fawr pan fu farw hithau.

ROALD DAHL
CHARLIE A'R ESGYNNYDD MAWR GWYDR

ROALD DAHL
DANNY PENCAMPWR Y BYD

ROALD DAHL
NAB WRC

ROALD DAHL
JAMES A'R EIRINEN WLANOG ENFAWR

ROALD DAHL
JIRÁFF A'R PELICAN A'FI

ROALD DAHL
YR CMM

ROALD DAHL
Y TWITS

ROALD DAHL
MODDION RHYFEDDOL GEORGE

ROALD DAHL
Y CROCODEIL ANFERTHOL

ROALD DAHL
MATILDA

ROALD DAHL
Y GWRACHOD

ROALD DAHL
MR CADNO CAMPUS

ROALD DAHL
Y BYS HUD

ROALD DAHL
PENILLION ACH-A-FI

ROALD DAHL
CERDDI FFIAIDD

ROALD DAHL
CHARLIE A'R FFATRI SIOCLED